光文社文庫

長編時代小説

縁むすび

研ぎ師人情始末(十五)

決定版

稲葉　稔

光　文　社

※本書は、二〇一〇年八月に光文社文庫より刊行した作品を、文字を大きくしたうえでさらに著者が加筆修正したものです。

目次

尾張殿
江戸川
早稲田村
音羽
護国寺
至板橋宿
江戸川橋
大塚
巣鴨
赤城明神
石切橋
御納戸町
神楽坂
若宮八幡宮
小日向馬場
切支丹坂
御薬園
中山道
日光御成街道
番町
牛込御門
傳通院
小石川
白山
神明宮
田安御門
清水御門
小石川御門
水戸徳川家
春日町
駒込
水道橋
千駄木
神田川
本郷
根津権現
道灌山
霊雲寺
池之端七間町
池之端仲町
福成寺
根津門前町
根津宮永町
日暮里
神田明神
不忍池
鍛冶町
昌平橋
湯島天神
湯島切通町
弁天
明神下
上野元黒門町
仁王門前町
寛永寺
東叡山
根岸
谷中
筋違御門
下谷広小路
内神田
和泉橋
外神田
佐久間河岸
神田佐久間町
下谷金杉町
御徒町
下谷山崎町
豊島町
新シ橋
柳原土手
左衛門河岸
向柳原
三味線堀
広徳寺
下谷竜泉寺町
通塩町
平右衛門町
幡随院
横山同朋町
両国広小路
猿屋町
甚内橋
元鳥越町
米沢町
茅町
浅草橋
阿部川町
新吉原
薬研堀
両国橋
柳橋
御蔵前片町代地
新堀川
日本堤
尾上町
駒留橋
大川
旅籠町
東本願寺
日光道中
回向院
首尾の松
御米蔵
御蔵前
御蔵前通り
浅草寺
小塚原
一ツ目之橋
亀沢町
御竹蔵
御厩河岸之渡し
駒形町
浅草広小路
雷門
浅草観音
奥山
浅山
山谷町
二ツ目之橋
駒形堂
浅草
新鳥越橋
山谷堀
花川戸町
揚場
緑町
南割下水
竹町之渡し
吾妻橋
今戸橋
今戸町
白鬚之渡し
本所
中之郷
竹町
瓦町
源森橋
竪川
北割下水
中之郷
源森川
小梅村
三囲稲荷
長命寺
向島墨堤
木母寺
三ツ目之橋
中之郷八軒町
寺島村
北辻橋
大横川
法恩寺橋
業平橋
新辻橋
亀戸村
小梅村
四ツ目之橋
押上村
天神橋
十間川
柳島村
亀戸天神

渋谷川
天現寺
今井谷
元赤坂町
伝馬町
平河町
四谷御門
麻布新町
善福寺
六本木
赤坂
氷川明神
四ノ橋
古川町
仙台坂
新網町
飯倉片町
市兵衛町
赤坂御門
麹町
溜池
三ノ橋
二ノ橋
一ノ橋
千鳥ヶ淵
芝車町
中之橋
赤羽橋
三田町
半蔵御門
虎之御門
西之御丸
至品川宿
増上寺
新シ橋
外桜田御門
雉子橋御門
和田倉御門
江戸城
一橋御門
南町奉行所
幸橋
北町奉行所
土橋
金杉橋
芝
数寄屋橋御門
神田橋御門
汐留橋
呉服橋御門
常盤橋御門
三十間堀
銀座町
金杉川
竜閑橋
濱御殿
木挽町
数寄屋町
一石橋
本石町
京橋
今川橋
西本願寺
本材木町
室町
白魚橋
日本橋
大伝馬町
楓川
魚河岸
小伝馬町
八丁堀
弾正橋
江戸橋
荒布橋
中之橋
組屋敷
八丁堀
海賊橋
亀島橋
日本橋川
小網町
照降町
葺屋町
新材木町
霊岸橋
住吉町
新和泉町
中之橋
竈河岸
高砂町
稲荷橋
亀島川
難波町
久松町
一ノ橋
新川
箱崎橋
高橋
北新堀町
行徳河岸
高砂橋
鉄炮洲
浜町堀
二ノ橋
箱崎町
箱崎川
霊岸島
船番所
霊岸島銀町
佃島
石川島
大川端
永久橋
熊井町
永代橋
佐賀町
今川町
上之橋
万年橋
新大橋
江戸湊
黒江町
緑橋
大島町
万年町
六間堀
油堀
材木町
海辺大工町
弥勒寺
永代寺
富岡橋
仙台堀
海辺橋
弥勒寺橋
高橋
北森下町
越中島
蓬莱橋
富岡八幡宮
深川元町
三十三間堂
亀久橋
霊巌寺
雲光院
小名木川
深川
洲崎
新高橋
扇橋
猿江橋
南辻橋
西
北
東
南
0
1km
御材木蔵
猿江町
清水橋

「縁むすび　研ぎ師人情始末（十四）」　おもな登場人物

荒金菊之助……日本橋高砂町の源助店に住む研ぎ師。父親は八王子千人同心だった。
横山秀蔵……南町奉行所臨時廻り同心。菊之助の従兄弟。
五郎七……横山秀蔵の配下。
寛二郎……横山秀蔵の配下。
甚太郎……横山秀蔵の配下。
次郎……菊之助と同じ長屋に住む箒売り。横山秀蔵の配下。
志津……菊之助の女房。
立花縫之助……浪人。肥前島原松平主殿頭の元家臣。
冴……立花縫之助の妹。
吉蔵……高砂町源助店の木戸番。
石倉大三郎……小普請の御家人。
山口門之助……小普請の御家人。
田山広太郎……小普請の御家人。

縁むすび——〈研ぎ師人情始末〉㈣

第一章　長崎から来た男

一

四谷《よつや》御門そばのお堀は、高い空に浮かぶ白いすじ雲を映している。さっきまで風はなかったが、そのお堀の水面がさざ波を打ちはじめた。

男はずっとそのお堀を眺めつづけていた。痩身《そうしん》で小袖《こそで》を着流しているが、髪は乱れ、月代《さかやき》も剃《そ》っていない。小袖には垢《あか》と汗のしみが見られる。すり切れている雪駄《せった》と同じように、日に焼けた男はくたびれた顔をしていた。

おもむろにその顔をあげると、目をぎらつかせ、口を一文字に結び、刀の柄《つか》をぐっと押し下げた。

男の名は、立花縫之助《たちばなぬいのすけ》といった。齢《よわい》四十に達しようという年頃ではあったが、その疲れた面立《おもだ》ちから五歳あるいは十歳は老《ふ》けて見えた。

縫之助は堀端から離れると、堀沿いの道をゆっくり歩いた。麴町《こうじまち》十一丁目から四谷塩町《しおちよう》に入る。菓子屋と茶店の前に立てられた幟《のぼり》が風にはためいている。重そうな行李《こうり》を背負った行商人とすれ違い、脇路地から出てきた紙売りとぶつかりそうになった。

「おっとっと……」

紙売りはかろうじて縫之助をかわして、なにか一言文句をいいたくなったのか、色白の顔をしかめたが、縫之助と目が合うと、すごすごと逃げるように去っていった。小僧を連れた手代《てだい》らしき男とすれ違った縫之助は、やはり表店《おもてだな》は具合が悪いと思い、四谷塩町の中小路に入った。

ここは両側町《りようがわちよう》になっていて、小店が並んでいる。さほど儲《もう》けのよさそうな店はない。縫之助の目は一軒一軒を物色《ぶつしよく》していく。

お仕着せを着せられた幼い子供たちが数人、わーっと歓声をあげて駆けていった。パタパタと草履《ぞうり》の音が遠ざかる。

そのとき縫之助は一軒の小間物《こまもの》屋に目をつけた。〈安田《やすだ》屋〉という看板が掛かっている。

暖簾《のれん》の奥には、櫛《くし》、笄《こうがい》、簪《かんざし》、紅、白粉《おしろい》、髪油、へちま水などが整然と並べられている。店の主《あるじ》の几帳面《きちようめん》さがそれでわかる。

縫之助はわずかに目を瞠《みは》った。それは幾種類もある商品の中に、襟《えり》飾りや髪飾りなど西洋小間物が混じっていたからだった。目を惹《ひ》いたのは指金《ゆびがね》（指輪）であった。

それは金の台に緑松石《りよくしようせき》をはめ込んであった。ひとつではなく、四、五個はあるし、種類の違う指金もあった。

「いらっしゃいまし……」

縫之助が吸い寄せられるように暖簾をくぐって店に入ると、帳場に座っていた男が声をかけてきた。

「そのほうがこの店の主であるか？」

「へえ、さようでございますが……なにかご入り用のものでも……」

店の主は縫之助を値踏みするように見てから、愛想《あいそ》笑いを浮かべたが、その笑みはすぐに消えて表情をこわばらせた。

縫之助に人を射殺《いころ》すような視線を向けられたからである。

「おれは金に困っている」

縫之助は地の底から這《は》い上がってくるようなくぐもった声を漏らした。

「は、なんでございましょう……」

「金に困っていると申しておるのだ」

「…………」

主はゴクッとつばを呑んだ。そのために喉仏《のどぼとけ》が大きく動いた。

「無礼なことを申すが、少々金を包んでくれぬか。この店は見たところさほど暮らしに困っているようには見えぬし、儲けもそこそこあるようだ。きっと蓄えも少なくなかろう」

「はあ……」

「少しでよいから、金を包んでくれぬか」

「な、何をいきなり筋の通らぬお戯《たわむ》れを。お侍は手前の店を強請《ゆすり》にいらっしゃったのですか」

主は顔面を赤くして、声をとがらせた。

「金はいずれ返す。少々貸してくれと申しているのだ。五両ほどでよい。どうか、聞き入れてくれぬか」

「何をおっしゃいます。二本差しのくせに物乞いの真似事をするとは、とんだお笑いぐさではありませんか。寝言ならよそでお願いします。買い物に来たのでなければ、お引き取りください。さもなければお役人を呼びますよ」

主は半分尻を浮かして、逃げ腰ながら強気なことを口にした。

「寝言でもなければ、強請《ゆす》っているのでもない。金を貸してくれと頼んでいるのだ。どうかこのとおりだ」

縫之助は腰を折って深々と頭を下げた。

「土下座でもなんでもする。頼みを聞いてくれ」

「冗談じゃありませんよ。金に困っているなら、その腰のものを質にでも入れればよいじゃありませんか。見も知らぬ人に金を貸してくれと頼まれて、はい、どうぞという人がどこにおります。さあ、お帰りください。お引き取りください」

「貸してくれぬというか……」

顔をあげた縫之助は、獣のように目をぎらつかせて主を見据えた。

「恥を忍び、武士の一分《いちぶん》を捨てているのだぞ」

「勝手なことをおっしゃらないでください。貸す金なんぞありませんし、わたしは見も知らぬお侍に金を貸すほど世間知らずではありません」

「証文《しょうもん》は書く。約束は守る」

「なりません。帰ってください。帰れ!」

主は喚《わめ》いて立ちあがった。縫之助はぎらつく視線を主に向けたまま足を進めた。上がり口の縁まで来ると、刀の柄に手をやった。

「ひッ、人殺し……」

「貸してくれといっているだけだ。黙れッ」

縫之助は刀を鞘走《さやばし》らせた。磨き抜かれた太刀は鈍い光を放ちながら、蜂《はち》の羽音のようなうなりをあげた。主は背後の簞笥《たんす》に抱きつくようにしがみつき、目をきつく閉じていた。だが、斬られていないとわかると、はっと目を見開き、縫之助を見て、腰が抜けたようにへたり込み、ついで這うようにして奥の間に消えた。

「人殺しだ。泥棒だ。誰か、誰か……助けてくれ……」

主は店の奥で騒いでいた。その間、縫之助は帳場にあった手文庫《てぶんこ》を引き開け、なかにあった金をつかみ取るなり、懐《ふところ》にねじ込み、そのまま逃げるように去っていった。

二

　ちょうどそのころ、四谷伝馬町《てんまちょう》の茶店で、たっぷり葛餡《くずあん》のかかった串団子を頬張《ほおば》っている八丁堀《はっちょうぼり》同心がいた。通りかかった町の女たちがその同心を見て、くすくす笑ったり、惚《ほ》れ惚《ぼ》れするというような視線を向けて歩き去っては、また振り返っていた。

　同心は、南町奉行所の臨時廻り同心・横山秀蔵《よこやまひでぞう》であった。

　眉目秀麗《びもくしゅうれい》な男で当代きっての人気者、市川團十郎《いちかわだんじゅうろう》にも引けを取らぬ色男だ。背も高く、きりっとした顔をしているが、大好きな団子を食べるときだけはその顔がゆるむ。

「ああ、指に……」

　そばについている小者《こもの》の甚太郎《じんたろう》が、慌《あわ》てて塵紙《ちりがみ》を差し出したが、秀蔵は餡のついた指をぺろりと舐《な》めた。

「ここいらに見廻りに来たときはこれを食わぬと、来た甲斐《かい》がないからな」

　秀蔵はのんきなことをいって茶を口に運んだ。

そのとき、目の前の道をパタパタと慌ただしく駆け抜けようとした男がいた。

だが、はたと秀蔵に気づいて立ち止まり、

「旦那、旦那、よいところでお会いしました」

と、息を喘《あえ》がせながら近づいてきた。この界隈《かいわい》を仕切っている岡っ引き・金助《きんすけ》の下っ引きをやっている大作《だいさく》だった。

「どうした血相変えて。何かあったか」

「大ありなんでござんす。親分を呼びに行くところだったんですが、旦那に会えて運がいい。この先にあります塩町の小間物屋が賊に襲われたんでございます」

「なんだと……」

秀蔵は湯呑みを置いて、きりりと眉を吊りあげた。さっきの気抜けした顔と大違いだ。

「何人斬られた？」

「人は斬られておりません。主が刀で脅されて、金を持ち逃げされたんです」

「なんという店だ？」

「安田屋という小間物屋です。主は半兵衛《はんべえ》さんです」

「おまえは金助を呼んでこい。おれは安田屋で話を聞いている」

さっと立ちあがった秀蔵は、安田屋に向かった。粋な小銀杏《こいちょう》に剃り立ての月代がまぶしい。黒紋付きの羽織が風になびき、歩くたびに裾《すそ》が割れ、形のいい脚がちらちらとのぞく。

すれ違う町の女たちが「あれ」と振り返ることしばしばだ。

安田屋の暖簾をくぐると、主の半兵衛が飛ぶように駆け寄ってきた。

「これは町方の旦那、お待ちしておりました。もう斬られるかと思いました」

「落ち着け。それで賊は何をした？」

「へえ。いきなり入ってきて、この店は儲かっているようなので金を貸せといわれましたが、そんな見ず知らずの侍に貸せるわけがありません。金がいるなら、刀を質に入れたらどうだと申しますと、いきなりその刀をさっと抜かれまして……」

半兵衛は額の汗をぬぐって、ゴクッと生つばを呑んでつづけた。

「わたしは腰を抜かしそうになって奥に逃げたんですが、あいにく店の者が出払っており、誰もいません。それで表に走って逃げたんでございます。ですが、店のことが心配ですので、戻ってみますと帳場にあった金が盗まれておりました」

「いくらだ？」

「三両と少々だと思います。よく調べてみなければわかりませんが、おそらくその程度だと思います」

「その男は侍だったのだな」

「さようで。月代が伸びておりまして、くたびれた身なりをしておりました。年は五十より少し若いぐらいでしょうか……。そうだ、着物は浅葱《あさぎ》色で手綱柄《たづながら》でした」

「そやつが店を出ていかほどたつ？」

「まだ小半刻《こはんとき》（三十分）もたっちゃいません。どっちに行ったかわかりませんが……」

秀蔵が「ふむ」と顎《あご》を撫《な》でたとき、岡っ引きの金助と大作がやってきた。

「金助、大作。この店に入ったのは齢五十ぐらいの浪人のようだ。手綱柄の着物を着流している。色は浅葱色だ。そう遠くに行っちゃいねえはずだ。すぐに捜すんだ」

「へえ」

元気よく返事をした金助は、大作を連れて表に駆け出した。

「半兵衛と申したな。盗《と》られたものが他にないかよく調べるのだ」

秀蔵はそういって安田屋をあとにした。

安田屋を襲った浪人のことは、聞き込みをするうちに少しずつわかってきた。

この朝、同一人物と思われる浪人の姿を、町の者が何人も見ていたのだ。

そして、その浪人が安田屋を出た足取りもおおよそ見当がついた。秀蔵は金助と大作をそばに呼び、

「浪人は堀沿いの道を紀伊国坂《きのくにざか》のほうに向かったようだ。行き先は赤坂《あかさか》かその先であろう。そっちへ急ぐ。金助、大作、おまえたち二人は先に走り、赤坂の町屋を聞き込むんだ」

秀蔵の指図を受けた二人は、すぐに駆け去っていった。

「旦那、その浪人はよほど腹でも空かしていたんでしょうかね」

甚太郎が歩きながら、のっぺり顔を秀蔵に向ける。小柄なので背の高い秀蔵をあおぎ見る恰好《かっこう》になる。

「ふむ。どういうことかな。……盗んだのが三両少々というのがな」

秀蔵は日の光がまぶしいのか、目を細めた。なぜ安田屋に目をつけたのか？

なぜ金を貸してくれといったのか？

質《たち》の悪い盗人《ぬすっと》や強請なら、もっと強引なことをするはずだ。だが、安田屋に入った浪人は半兵衛を脅し、わずかな金を盗んだだけだ。

「解《げ》せぬことをしがやる野郎だな」

独り言のようにつぶやくと、

「何かおっしゃいましたか？」

と、甚太郎が顔を向けてきた。

秀蔵はなんでもないといって歩きつづける。紀伊国坂を下り元赤坂に入ってすぐのことだった。一軒の飯屋から出てきた浪人がいた。

浅葱色の手綱柄の着物。よれたなりで、月代も剃っていない。安田屋半兵衛がいった浪人に似ている。

男は爪楊枝《つまようじ》を口にくわえ、満足げに腹をたたいてそのまま歩き去ろうとしたが、

「おい、待ちな」

と、秀蔵が呼び止めた。

男がゆっくり振り返った。

三

秀蔵を見た男は、わずかに目を見開き、くわえていた楊枝をぽろっと口から落とした。秀蔵のなりを見ただけで、町奉行所の同心だとわかったからだ。

秀蔵は間合いを詰めた。

「ちょいと訊《たず》ねるが、おめえさん、四谷塩町の安田屋って小間物屋に立ち寄らなかったかい？」

秀蔵は相手の目を凝視《ぎょうし》する。

「あ、いや、は……」

口ごもる男の視線が彷徨《さまよ》った。

「なんだい、はっきりしねえか」

「申しわけもなく、金を拝借いたしました」

「店の亭主を脅して、盗み取った。そういうことだな」

「魔が差したんです。ほんの出来心だったんです。どうか、どうかお見逃しのほどを、このとおりでございます」

秀蔵は虚をつかれた。相手がいきなりその場に土下座したからである。人目も憚《はばか》らず、地面に額をすりつけたのだ。

「深いわけがあるのです。拙者《せっしゃ》は肥前島原松平主殿頭《ひぜんしまばらまつだいらとのものかみ》の元家臣・立花縫之助と申す者。故《ゆえ》あって江戸にまいったのですが、路銀《ろぎん》が尽き、どうにもしようがなくなり、つい魔が差して安田屋なる小間物屋に金を拝借しようと思い訪ねたのですが、店の主にむげに断られ、武士の魂である刀を質に入れろといわれ、挙げ句人殺し呼ばわり……」

「おい、話はこんな道端じゃ聞けねえ。立つんだ」

秀蔵は立花縫之助を遮《さえぎ》った。いつの間にか野次馬《やじうま》が集まりはじめていたのだ。

「いきなり土下座なんかしやがって、見苦しいやら、みっともねえやら……ええい、とにかくついてまいれ」

秀蔵は相手に逃げる素振りがないので、人目を避けるように隣町まで行って適当な茶店に入った。

「そこに座れ」

「恐縮でございまする」

縫之助は肩を小さくすぼめ、秀蔵に勧められた縁台に腰をおろした。

「何やら深いわけがありそうだが、安田屋から金を盗んだのはたしかだな」

「……三両と二分三朱《ぶしゅ》ほど。いえ、金ができたらあとで返しにゆくつもりだったのでございます」

秀蔵はしげしげと縫之助のなりを眺めた。

ひどい恰好である。着物は旅塵《りよじん》にまみれ、髷《まげ》は埃《ほこり》だらけで月代は伸びているし、雪駄はすり切れている。顔は無精《ぶしょう》ひげに覆《おお》われていた。

「島原松平家の元家臣と申したが、いまは浪人の身なのか？」

「さようで……」

「島原といえば九州ではないか、そんな遠国《おんごく》から江戸に何をしに来たのだ？」

「妹の敵《かたき》を討ちにまいったのです」

「すると敵が江戸にいるというわけか。しかし、なぜ妹御は……」

「よくぞ聞いてくださいました。妹はすでに三十路《みそじ》を越した女ですが、娘二人を抱えて苦労しておりました。亭主が生きていればそんな苦労もなかったのですが、亭主は釣りに行った舟で遭難し行方《ゆきがた》知れずのままです。そんな苦労人の妹が長崎代官所の村井為之助《むらいためのすけ》なる手付《てつき》に……」

縫之助は悔しそうに唇を噛んでうつむき、言葉を継いだ。

「二人の娘の前で手込めにされて斬り殺されたのでございます」

「なんと、娘の前でだと……」

秀蔵は眉を動かして目を瞠った。許せぬ行為である。

「さようで……村井為之助という男の仕業《しわざ》だとわかったのは二月《ふたつき》前でした。同じ代官所に勤めている川本修三《かわもとしゅうぞう》という手代の話からわかったのです。なんとしてでも敵を討たなければなりませぬ。そうでなければ、冴《さえ》は浮かばれませぬ」

話しているうちに感情が昂《たかぶ》ったのか、縫之助は目に涙をためていた。汚れきった拳《こぶし》を膝の上でぎゅっと握りしめてもいる。

「冴と申されるのが、妹御か」

「さようで……」

「しかし、相手は代官所の手付……」

つぶやきを漏らす秀蔵は遠くを見て考えた。

代官所の手付は、小普請組《こぶしんぐみ》のなかから選ばれて地方に派遣される者で、幕臣《ばくしん》である。一方の手代も代官の補佐をする者だが、こちらはその地方の優秀な者が採用される。

「村井為之助は役目を解かれ、江戸に戻っていることがわかっております。わたしはなんとしてでも村井を見つけ出して討たねばなりません」

鼻息荒くいった縫之助は、そこではたと何かに気づいた顔になり、すっくと立ちあがると、

「そんな事情《わけ》があるのでございます。どうか、見逃していただけませんでしょうか。いえ、思いを果たした暁《あかつき》には、わたしは御番所《ごばんしょ》でもどこへでも出向きます。金も飯代に使った残りは、このとおりお返しいたしますので、何分《なにぶん》にも何分にも……」

と、縫之助は金を差し出し、深々と腰を折って米搗《こめつ》き飛蝗《ばった》のようになる。

「これこれやめぬか。話はわかった。だが、一応おれも役目というのがあるから安田屋から話を聞かねばならぬ。ついてきな」

秀蔵は縫之助の差し出した金を受け取ってから立ちあがった。

「甚太郎、おまえは金助と大作を捜して、この一件は片がついたといってこい」

「へっ。それじゃ、この浪人のことは……」

甚太郎は目をまるくして、秀蔵と縫之助を交互に見た。

「考えがある。おれは安田屋にいるから、用がすんだらそっちへ来い」

四

「そうです。このお侍です」

安田屋半兵衛は縫之助を見て即座にいった。店には半兵衛の他に女房と若い奉公人と、倅《せがれ》が顔を揃えていた。縫之助は申し訳なさそうに肩を落としている。

「立花、きさま、なぜこの店に入ったのだ？」

秀蔵は縫之助に聞いた。

「それは、この店が金に窮《きゅう》しているように見えなかったからです。それに、そこにある西洋の小間物が目につきまして……」

秀蔵は縫之助の指さすほうを見た。いくつかの指金があった。

「なぜそんなものが気になった？」

「妹の冴は同じような指金をしておりました。しかし、殺されたとき、その指金が盗まれておりました。いえ、ここにあるものではありませんが、金の台に瑪瑙《めのう》がついておりました」

「金の台に瑪瑙……」

「冴を殺した村井為之助が持ち去ったものと思われます」

「八丁堀の旦那、そんなことはどうでもいいことです。とにかくわたしはその人に殺されそうになって、金を盗まれているんです。縄を打って、とっとと御番所に連れていってくださいまし」

半兵衛が遮っていった。秀蔵は、その半兵衛を静かに眺め、

「金は取り返した。これだ」

と、三両二分三朱を返した。不足分は自分の金を足していた。

「それに間違いないはずだ。ところで安田屋、この男は頭を下げ、証文を書くので金を貸してくれと申したそうだな」

「……へぇ、まあそのようなことを申されました」

「それでおぬしは、刀を質に入れればよいだろうと申した。至極《しごく》当然ではあるが……」

「へえ」

「見ず知らずの男にいきなり頭を下げて金を貸してくれといわれたが、帰れといった」

「ま、そんなことを申したと思います」

「この男はおまえに断られ刀を抜いた。だが、斬るつもりはなかった。現におまえは生きているし、怪我《けが》もしておらぬ」

「いったい何をおっしゃりたいので……」

「武士が商人に頭を下げたのだ。ちょいと包んで帰すことぐらいできなかったのか。いや、それがいいというのではないが、よほどの事情があるのだろうと察して、話を聞いてやるぐらいのことはできたはずだ」

「そんなことを申されましても、あのときは……」

「安田屋。おまえは怪我もせず、無事だった。それに金も返ってきた。この男も詫《わ》びを入れるといっている。それで水に流さぬか」

「何をおっしゃいます。そんなことをしたら、またこのお侍は他のところで同じことをやってしまいますよ。ここはきつい灸《きゅう》を据えてもらわなければ……」

「待て待て。それはそれでよいさ。おまえがどうしてもと望むならそうしてやってもいい。だが、お白洲《しらす》でお奉行に話をするとなると、ただではすまぬぞ。おまえは大家《おおや》と名主《なぬし》にかけ合い、うち揃《そろ》って行かねばならぬ。大家と名主は面倒がるだろうから、飯や酒をふるまい、それ相応の謝礼もしなければならぬ。そうなるはずだ」

「ま、そうですね」

蚊の鳴くような声でいう半兵衛の頬を汗が流れた。たしかにそうなのだ。町奉行所に出向いて事件について説明するために、単独で行くということはない。名主と大家が付き添うのが通例である。

「お裁きを受けるのに、おそらく半日は待たされるであろう。とすると一日仕事になる。それに大家と名主へ詳しい話もしなければならぬ。それにも手間暇がかかるはずだ。そうなると二日や三日は取られる。その間、おまえは店に出ることはできぬ。まあ奉公人も倅も女房もいるようだから、困りはしないだろうが、手間と金がかかることに変わりはない。金はこうやって戻ってきた。この立花縫之助も詫びを入れるといっている。さあ、どうする？」

秀蔵の言葉に半兵衛は困惑していた。それに秀蔵の言葉に半ば納得しているようでもある。女房を見、倅と奉公人に顔を向け、どうしたらいいだろうかという目をする。

「このとおりだ。さっきは申し訳なかった。どうか許してくれぬか」

縫之助が頭を下げた。

「お金にお困りなのは、何かわけがあってのことでしょうか？」

半兵衛が聞いた。

「妹の敵を討たねばならぬのだ。だからわざわざ肥前長崎からやってきた次第なのだ」

「長崎から……」

「さよう。ここで御番所に突き出されては思いを果たすことができぬ。どうか、わかってくれぬか」

縫之助がもう一度頭を下げると、半兵衛も渋々といった体《てい》になり、

「ま、そんな事情があるのでしたら、へえ、お金も戻ってきたことですし……」

といった。

「ならば、これで落着でよいな」

秀蔵が遮っていうと、

「へえ、旦那の手前もありますし」

と、半兵衛は折れてくれた。

安田屋を出た秀蔵は、さてこれから縫之助のことをどうしようかと懐手《ふところで》をした。情をかけてやったはいいが、このまま放っておくこともできない。そんなことに思いをめぐらして歩いていると、甚太郎が戻ってきた。

「どうなったんです？」

甚太郎は秀蔵と縫之助を見てからいった。

「あっさり一件落着だ。やつらはどうした」

「片づいたといったら、拍子抜けした顔をしておりました」

「そうか。いずれ安田屋から話は聞くであろう」

秀蔵は甚太郎に応じてから、縫之助を見た。

「江戸に知り合いはいるのか？」

「いえ、おりませぬ。参勤《さんきん》で来たことがありますので江戸のことは多少は知っておりますが知己《ちき》はおりません。もっとも、島原藩の屋敷に行けば知っている者もいるとは思いますが、拙者は松平家を辞した身、いまさら、のこのこと顔を出すことはできません」

「すると、これからどうするつもりだ。宿のこともあるだろうし、路銀が費《つい》えているとなれば、身動きできないのではないか……」

「まったく、おっしゃるとおりで……まさか、泥棒もできませんし……」

縫之助は情けなさそうに両眉を下げる。

そんな顔を見ると、秀蔵は心底不憫《ふびん》に思った。

「しょうがねえな。まあよい。おれについてこい」

五

さっきまで日があったが、急に空が曇った。

荒金菊之助《あらがねきくのすけ》はぶるっと肩を揺すって、襟をかき合わせた。長屋を吹き抜ける風が冷たい。もっとも、十月に入っているのだから無理もない。朝晩の冷え込みが厳しくなっているので、どこの家も炬燵《こたつ》や火鉢を出している。夜が更《ふ》ければ、「火の用心」と声をかけていく夜廻りの声が多くなっていた。

研《と》ぎ終えた包丁を贔屓《ひいき》の店に届けてきたばかりの菊之助は、仕事場に入る前に、戸口横に掛けている看板がゆがんでいることに気づいた。

「また、子供たちだな。……それとも風か……」

ぶつぶつ独り言をいいながら看板をなおす。それにはこう書かれている。

「御研ぎ物」と。さらにその脇には「御槍　薙刀《なぎなた》　御腰の物御免蒙《こうむ》る」とある。

菊之助は研ぎ師である。この長屋のある高砂町《たかさごちょう》はおろか、近隣の町までその腕のよさは聞こえている。研ぎ職人ではあるが、本来は郷士《ごうし》の息子だから侍の端くれだし、剣術で身を立てようとしたこともある。

だが、いまは市井《しせい》に身を投じ、しがない研ぎ職人で暮らしを立てている。それもおそらく、女房にしたお志津《しづ》というできた女と出会ったからかもしれない。そんな菊之助は、いまの暮らしを悪く思っていなかった。

「菊さん、冷えてきたね」

看板をなおしていると、庄七《しょうしち》という年寄りが声をかけてきた。以前は神田《かんだ》で仕立物屋《したてもの》を営んでいたが、六十の声を聞いてから女房のお米《よね》と隠居暮らしである。

「あと半月もすれば雪が降るんじゃないだろうか」

「寒いのは勘弁してもらいてえが、妙なことに暑気《しょき》が去ると女房の具合がよくなるから不思議だ」

庄七の女房・お米は脚気《かっけ》を患っていた。

「それじゃ、いっときより楽になったんだね」

「ああ。今日は買い物に行ってるよ」

「お茶でも飲んでいくかい」

菊之助は誘ったが、

「いや、いいよ。明るいうちにぶらっとその辺を歩いてくるよ」

庄七はそのまま行ってしまった。年を取って足腰が弱くなるのは、体を動かさなくなっているからだと庄七はいう。長生きの秘訣は歩くことらしい。

菊之助は仕事場に入って、新たに注文を受けてきた包丁を金盥《かなだらい》の横に置いた。その数八本ばかり。急ぎではないが、その他に研がなければならない包丁が山になっている。

三和土《たたき》をあがれば、もうそこは狭い仕事場だ。蒲《がま》の敷物の横には水盥に半挿《はんぞう》、いくつもの砥石《といし》などが並んでいる。日当たりが悪いので、燭台《しょくだい》に灯《とも》を点し、丸火鉢の炭を熾《おこ》した。建て付けが悪くなっているので、風の強い日には隙間風がいやおうなしに吹き込んでくる。

お志津と住んでいる家は、南側筋にあるもっと大きな家だ。そっちは日当たりもよく、過ごしやすいが、菊之助は仕事柄こっちの長屋に詰めていることが多い。

菊之助は前垂れを腰に巻いて蒲の敷物に座った。火鉢の炭をあおぐと、炎が立った。しばらくすれば幾分かあたたかくなるはずだ。

一本の包丁を手にして、砥石を目の前に置いた。今日のうちに四、五本は研いでおきたかった。

そっと包丁を砥石の上にのせたとき、パタパタと慌ただしい足音がして、すぐ戸口の前で止まった。

「菊さん、いますか？　ちょいと困ったことがあるんです。開けますよ」

ガラリと戸を開けたのは、木戸番《きどばん》の吉蔵《きちぞう》だった。

「なんだい、困ったことって……」

「すぐそこに女が倒れてるんです。もう三十近い大年増《おおどしま》ですけど、それを男たちがよってたかっていたぶっているんです」

「なんだって……」

「黙って見てられねえんですよ。こんなとき頼りになるのは菊さんしかいないんで、なんとかしてやってくださいな」

「それは放っておけぬな」

菊之助は前垂れを外して長屋の表に出た。そこは高砂町の脇路地であるが、騒ぎは浜町堀《はまちょうぼり》沿いの道で起きていた。高砂橋のすぐそばだ。

「あっちです、あそこです」

早足で歩きながら吉蔵が一方を示した。ひとりの女が尻餅《しりもち》をついて、四人の男たちに囲まれていた。近所の者が遠巻きに見ている。

四人の男は浪人の風体《ふうてい》である。

「わたしはお侍さんの邪魔をしたのではありません。どうかご勘弁を」

女は両手をついて男たちを見あげて許しを請う。紺の唐桟縞《とうざんじま》で、襟に麻の葉紋のついた着物の裾から紅襦袢《べにじゅばん》がのぞいている。

粋な着物姿からして、その辺りの町の女ではないだろう。しかし、乱れ髪が顔にかかり、女の顔をやつれて見せていた。

「おれたちはそこをどけといっただけだ。それを塞《ふさ》ぐように転ぶとはけしからぬ。だが、もうよい。とっとと消え去《い》ね。ほれ、巾着《きんちゃく》だ」

男のひとりがそういって、地に落ちていた巾着を一方に蹴った。すると小さな金音がして、数枚の小判がのぞいた。

女が慌てて巾着に取りすがると、男たちが顔を見合わせた。

「おい、女。その巾着はおまえの持ち物だろうな」

背の高い痩《や》せた男が腰を落として聞いた。女は巾着を後ろにまわした。

「わたしのです」

「……どうも妙だな。どこぞで盗んできたのではあるまいな」

男は女の巾着をひったくろうとした。だが、女がいやがったので、男は女の肩をついて倒した。

「いやッ、何をするんです」

見ていた菊之助は、はっと目を険しくした。

「いいからよこせ。おれたちがあらためてやる」

男がそういうと、他の仲間が女の肩を押さえ腕をつかんだ。

「やめて、やめてください！　誰か、誰か助けて泥棒です！」

「何をっ。泥棒だとぬかしたな。この女狐《めぎつね》め」

いい放った男が女の背中を蹴って、巾着を奪い取った。

「やめないか」

たまらず出ていった菊之助に、四人の男たちが振り返った。

六

「何があったのか知らぬが、か弱い女の持ち物を、それも往来で奪い取るとは武士の風上にもおけぬ所業《しょぎょう》。返してやらぬか」

菊之助は普段と違う武士言葉になっていった。

「なんだとォ。横からしゃしゃり出てきて、大層なことを。それに町人の分際《ぶんざい》で生意気なことをぬかしおって」

最前の長身痩躯《そうく》の男が菊之助の前に立ち塞がった。

「生意気をいった覚えはない。見ておれぬからいったまでだ」

「こやつ……何様のつもりだ」

男は菊之助を頭から足許《あしもと》まで舐めるように見た。菊之助は紺股引《こんももひき》に綿入れの着物を尻《しり》っ端《ぱし》折《よ》りしている。普段は半纏《はんてん》を着ているが、それは仕事場で脱いだばかりだ。

「人の物を往来で盗むのを黙って見てはおれぬだろう。巾着を返してやらないか」

菊之助は毫《ごう》も動じずに、他の男たちにも視線を向けて諭すようにいう。女は救われた顔をして、巾着を持つ男に手をのばしたが、その手を強く払われた。

「おい、見たところ職人のようだが、生意気に武士言葉を使って、おれたちを愚《ぐ》弄《ろう》する気か」

長身痩躯が詰め寄ってきた。

「愚弄などしておらぬ」

「ええい、黙りおれッ。武士に逆らうとは言語道断《ごんごどうだん》、斬り捨ててくれる」

相手はそういうなり、さっと刀を鞘走《さやばし》らせた。

そのまま袈裟懸《けさが》けに菊之助を斬りにいった。だが、うまくいかなかった。男が刀を抜くと同時に、菊之助がさっと相手の懐に入るなり、鳩尾《みぞおち》に拳をたたき込んだからだった。

相手は刀を振りあげたところで、体をふたつに折り曲げて、片膝をついた。こうなると他の仲間が黙っていない。

「きさま、舐めたことを……」

ひとりが刀を抜けば、他の二人も刀を抜いた。

「おれは無腰《むごし》だぞ」

菊之助はいってやったが、相手は聞く耳を持っていなかった。左からひとりが打ちかかってきた。菊之助は半身を開いて、かかってきた男の脛《すね》を思い切り蹴りあげてやった。弁慶の泣き所を蹴られた相手はたまらずに地に転んで脛をさすった。

残った二人が青眼《せいがん》に構えた。

「きさま、剣の覚えがあるのか……」

右の男が青眼の構えを取ったまま詰め寄ってくる。だが、さっきと違い、菊之助を警戒している目である。もうひとりは少し下がって刀を構えているが、その男は斬り合うつもりはないらしい。剣気がないのだ。

しかし、青眼に構えて間合いを詰めてくる男は違う。

「このままだと後悔することになるぞ。おれたちを誰だと思っている」

「さて、誰であろうか……」

「舐めるでないッ」

「舐めてなどおらぬ。見るに見かねて口を挟んだだけだ」

「大きなお世話だ。たあッ！」

男は裂帛《れっぱく》の気合を込めて地を蹴り、刀を大上段に振りあげたと思ったら、菊之助を斬り下げにきた。そのまま二人の体が交叉《こうさ》した。菊之助は斬られていなかったばかりか、目にも留まらぬ早業《はやわざ》で、相手の脇差《わきざし》を抜き取っており、すかさず反転するなり、その剣先をすっと、振り返った相手の喉元に向けていた。

「このまま斬り合いをやって後悔するのはおまえのほうだ。どうだ……やるか……」

すすっと間合いを詰めると、相手が半尺下がりまた半尺ほど逃げるように下がった。

「どうする……」

「わ、脇差を返してくれ」

男がそういったので、菊之助は奪い取った脇差を遠くに放った。男はそれを拾いあげると、仲間に顎をしゃくって、

「出直そう」

といって逃げるように去っていった。

野次馬のなかから「一昨日来《おとといき》やがれってんだ」とか「三一侍《さんぴんざむらい》のすっとこどっこい」という罵声《ばせい》が男たちに浴びせられた。

菊之助は女に手を貸して立ちあがらせた。

「大丈夫かい？」

「ええ、おかげで助かりました。なんと申したら……」

女はそういったが、急に顔から血の気をなくして、ふらふらと倒れそうになった。

「おい、しっかりするんだ」

菊之助は素早く女の体を支えて、

「手を貸せ」

と、吉蔵にいいつけた。

菊之助は吉蔵に手伝わせて自宅長屋に女を運び入れ、奥の寝間で休ませていた。

「菊さん……」

居間で茶を飲んでいると、女の様子を見にいったお志津が声をかけてきた。

「目が覚めたようです」

お志津は女を見ながらいった。菊之助はそばに行って、女の顔を見た。休んだせいか少し血色がよくなっていた。

「いったいどうしたというんだ？　それより名は？　しゃべれるかい？」

女はか弱くうなずき、

「千代《ちよ》と申します」

といったあとで、親切にしてもらったことに涙ぐんで礼をいった。無理に起きあがろうとしたので、お志津が止めて寝かしつけた。

「もう少し休んでいたほうがいいわ。顔色は大分よくなったようだけど、もう少し横になっていなさいな。でも、どうしたというのです。家は遠いの？」

「家は……上野《うえの》にありました」

「それじゃ遠くないわね」

「いいえ、離縁されたんです」

「離縁」

お志津は菊之助と顔を見合わせた。

「亭主に女ができて、それで勝手に三行半《みくだりはん》を突きつけられたのです。しかたなく家を出たまではよかったのですが、行くところがなく、うろついていて……。お金はあるのですが、食欲がなく三日三晩食べずにいたのが悪かったのか、ついにさっきの橋のそばで転んでしまったんです」

「そこで、あの者たちにからまれたというわけか」

お千代は菊之助にうなずいた。

「とにかくもう少し休んで、それから何か食べるといい。三日三晩食べていなければ倒れてもしかたないというものだ。お志津、今夜はなにか滋養のあるものを食べさせておやり」

七

その夜、お志津はお千代のためを思って、玉子粥《がゆ》と肝吸いを食べさせた。体を休め、胃にやさしい食事をとったせいか、すっかりお千代は元気を取り戻した。頬にも赤みが差し、血色がよくなった。乱れていた髪にも櫛を通したので、昼間会ったときより若く見えた。実際、年は二十三ということだった。

「それにしても新しい女ができたからといって、お払い箱みたいに……」

夕餉《ゆうげ》を終えた菊之助はちびちびと酒を飲んでいた。

「わたしに子ができなかったからだと思います。あの人は、元は武家の出で跡取りをほしがっておりましたから……」

お千代は身の上話をしていた。

「実家に帰ることはできなかったのか？」

「すでに両親は他界し、兄は奉公に出ており、妹は嫁いでいるので、もう家はなくなっているのです。妹の嫁ぎ先を訪ねて、しばらく世話になろうと考えもしましたが、それでは迷惑になりますから……」

お千代はきちんと揃えた膝を見てうつむく。

「この先どうするんだね」

「……まずは仕事を探します」

お千代は手切れの金があるから、仕事が見つかれば家を借りてもいいといった。

「それじゃ、この長屋はどうだね。空き家が二軒ほどあるが……。もっとも、あまり日当たりはよくないが……」

「ありがとうございます。明日にでも仕事を探そうと思います」

「とんだ苦労をすることになりましたね」

台所仕事を終えたお志津が、そばに来ていった。

「しかたがないことです。それにしても、何から何までお世話いただき、なんとお礼を申し上げたらよいものか……」

お千代は両手をついて頭を下げた。

「これも何かの縁だ。今夜はここでゆっくりしていけばいい。なに、遠慮はいらないから」

「ありがとうございます」

気さくに勧める菊之助に、お千代はまた頭を下げた。

「夜分にごめんよ」

と、声がかかったのはそのときだった。

菊之助が戸口に目を向けると、ガラリと戸障子が横に開いて、秀蔵が顔を現した。

「おっと、客かい」

といって菊之助とお志津を見る。

「何か用か?」

菊之助はつっけんどんに聞く。

じつは秀蔵とは従兄弟《いとこ》同士であり、また幼馴染《おさななじ》みでもあった。

「愛想のねえいい方をしやがる。近所で耳にしたが、昼間、表で立ち廻りをやったらしいじゃねえか」

秀蔵は上がり框《かまち》に腰をおろしていう。

「たいしたことじゃない」

菊之助がいうと、秀蔵はお千代にじっと視線を注ぎ、

「もしや、女を助けたと聞いたが、そこにいるのが……」

と、訊《たず》ねる。

「そうでございます」

応じたのはお千代だった。

「そうかい、それは何よりだった。それより菊の字、ちょいと話があるんだ」

「なんだ?」

「ぶっきらぼうなやつだ。いくら従兄弟の間柄とはいえ、少しは身分をわきまえねえか」

「おまえにわきまえてどうする。いつもいいように使いやがるくせに」

「いいようにとは言葉が悪い。おれはちゃんとその礼は……」

「まあまあ、お待ちください。菊さん、横山さんがお話があるなら聞いてあげればいいじゃありませんか。いつもこうなんですよ」

秀蔵を遮ったお志津は、お千代を見て苦笑いをした。

「それで、なんの話だ」

菊之助は猪口《ちょこ》を置いて秀蔵を見た。

「客がいるんじゃ、ちょいと話しづらいな。表で話そう」

秀蔵はそういうと、さっさと表に出ていった。菊之助はしかたないので、腰をあげて表に出た。寒風が吹いており、ぶるっと肩をふるわせた。

「一人、男を拾っちまったんだ」

「男を拾った? どういうことだ」

「話せば長いが、長崎から来た浪人で泊まるところがなくて困っている。ひとまず次郎《じろう》の家に預けることにしたが、この先どうしようかと思案しているんだ」

「おまえが拾ったのなら面倒を見てやればいいだろう」

「それはそうだろうが、その男は江戸に敵を討ちに来たのだ」

「敵を……」

菊之助は眉宇《びう》をひそめた。

「立花縫之助という男で、もとは島原松平主殿頭の家臣だった者だ。三年半ほど前、妹を子供の前で犯され斬り殺されている」

「……ひどい話だな」

「まったくだ。許せるようなことじゃない。それで、なんとかしてやろうと思うんだが、何せおれには役目がある」

「おい、待て。まさか、その敵をおれに捜させようってんじゃないだろうな」

菊之助は目を険しくした。

「そうじゃない。立花の敵は元長崎代官所の手付だ。つまり小普請組の御家人《ごけにん》ということになる。おまえもわかっていると思うが、町奉行所は幕臣の調べをすることができぬ。そこでおまえに頼みたいというわけだ」

「……よくわからぬ」

「敵の名は村井為之助という。明日、おれは小普請組を調べて、その村井がどこにいるか探るから、そのあとのことを頼みたいのだ」

「それはつまり、見届け人になれということか」

「早い話がそういうことだ。こんなことはおまえにしか頼めぬのだ」

秀蔵は菊之助の肩をたたいて、にっこり笑う。

「おまえってやつは……」

菊之助はあきれるしかない。

第二章　不意打ち

一

「菊さん、おいらは立花さんのことを何とかしてやりてえな」

縫之助を自分の家に入れている次郎は同情的なことをいった。

話を聞いた菊之助も同じ気持ちであるが、難しい問題であることに変わりはない。上がり框《かまち》に座ったまま腕を組んだ。

「迷惑は重々承知しております。次郎殿の気持ちだけでも嬉しく思います。今日は横山さんにも温情をかけられて、わたしはもうそれだけで十分でございまする。これ以上ご迷惑をおかけするのは遠慮したく存じます」

縫之助は恐縮の体《てい》である。菊之助は縫之助の悲愴《ひそう》な顔を眺めた。

「妹御には娘さんが二人いるそうですが、その娘さんはどうされているのです？」

「親戚の家で預かってもらっています」

「それでは敵を討たれたあとは、娘さんの面倒を立花さんが見られる。そういうことですか……」

「いえ、下の娘は十二です。上が十三になりますので、長崎に奉公に行くことが決まっております」

「敵討ちを、その娘さんも望んでおられるのですか？」

菊之助はじっと縫之助を見つめる。

「……あの者たちはそのことは口にしませんが、腹のなかでは思っているはずです。何しろ、目の前で母親を犯され、そして殺されたのです。その心中を思うだけで、わたしの胸は張り裂けそうになります」

縫之助は膝に置いた手をぎゅっと握りしめ、唇を嚙んだ。その悔しさは菊之助にもよくわかった。見ず知らずの男に踏み込まれ、強引に手込めにされ殺されたのだ。犬畜生にも劣る行為である。

「しかし、相手がわかっていたとしても、いつ敵を討てるか、それはわからないのではありませんか？　どうやってその相手を捜すつもりです？」

少し意地悪な質問だと思ったが、菊之助は聞かずにいられなかった。何しろ縫之助は路銀《ろぎん》が尽き、盗みをしたのだ。つまり金がないとこの先、生きていけないし、旅籠《はたご》に逗留《とうりゅう》することはおろか、飲み食いすらもできないのである。

「それは相手のことがおおむねわかっておりますから、すぐに捜せるはずです。いえ、明日にでも捜しだして、ひと思いに決着をつける覚悟です」

「明日ですか……見つかればよいですが、相手が他国にまた出向いていたらどうします。路銀が費《つい》えたいまは、なかなかそれもかなわないのではありませんか」

「手厳しいことを……しかし、他国にいるとわかれば出向くまでです」

「わたしが聞いているのは、その間にどうやって糊口《ここう》をしのぐかということです」

「それは……」

縫之助はうつむいた。

「菊さん、そんな意地の悪いことといわなくてもいいじゃないか。なに、相手は小普請組の者だとわかっているんだ。明日にでもきっと見つかるに決まっていますす」

次郎はめずらしく、菊之助に口をとがらせた。

「そうなればいいが、とにかく今夜はここに泊めてもらうことだ」

菊之助はそう応じて、次郎の家のなかに視線を這わせた。

自分の仕事場と同じ広さだ。つまり九尺二間《くしやくにけん》である。普段、秀蔵の助働きをしないときの次郎は箒《ほうき》売りの行商をしている。その箒が土間や部屋の片隅によせてある。家具や調度《ちようど》が少ないので、大人二人が寝る場所はあるが、夜具がないことに気づいた。

「次郎、朝晩の冷え込みは厳しい。ひとつの夜具に二人寝るわけにもいかないだろう。布団を貸してやるからついてこい」

「へえ、それを頼もうと思っていたんです」

次郎が目を輝かせていえば、縫之助が申しわけありませんと丁重に頭を下げた。

「明日にでも相手のことがわかればよいな」

菊之助は自宅に戻りながら、後からついてくる次郎にいった。

「見つかるでしょう。横山の旦那もあたりをつけるといってくれていますし」

「そうだな」

菊之助は敵が見つかったら、見届け人をやることになっている。気の重いことを押しつけやがってと、いまさらながら秀蔵の勝手さに腹が立った。できることなら、他の手段で縫之助や残された娘二人の溜飲《りゅういん》を下げられないものだろうかと考える。

その夜、菊之助は居間のほうに寝ることになった。お千代がお志津と同じ部屋を使うからであるが、菊之助はいつまでも寝つくことができなかった。

お千代のことはともかく、縫之助のことが頭から離れないのである。自分の母親を目の前で犯され殺された二人の娘のことを思えば、どうしようもない憤りを覚えずにはいられないが、その娘や縫之助の遺恨《いこん》を敵討ちという手段で晴らすことには躊躇《ためら》いがある。

それに相手が幕臣でなければ、町奉行所の手で解決できるのだが、そうはいかない。目付《めつけ》に訴えたとしても、よくよくの調べがあるだろうし、それには時間がかかる。その間、縫之助は生きていかなければならない。金もなければ、夜露をしのぐ場所もない身の上なのだ。

どうしてやったらいいか……。

菊之助は胸中でつぶやき、掻巻《かいま》きを首のところまで引きあげた。そのとき襖《ふすま》が開き、お志津が出てきた。菊さん起きてますか、と声をかけてくる。

「うむ」

応じると、お志津が枕許に膝を揃えて座った。

「お千代さんのことですけど、仕事を探してくださらないかしら」

「仕事を……」

菊之助は頭を動かしてお志津を見た。あわい行灯《あんどん》の明かりがお志津の目を照らしている。

「だって、このままお千代さんを放っておくわけにはいかないでしょう。聞けば、家を借りる程度のお金はお持ちだし、あとは仕事さえ見つかればなんとかなる人ですから」

「……そうだな」

菊之助は自分が助けた女だから、それなりに責任を感じてはいるが、仕事の面倒まで見なければならないとは思っていなかった。

「お千代さん、この長屋に空いてる家があるなら、そこを借りようかしらとおっしゃっているの。わたしがそうしなさいと勧めると、ぜひそうしたいと……」

「本人がそういうならそれでいいだろうが、仕事となるとお千代さんにも考えがあるのではないか……」

「そりゃあ、子供じゃないのですから自分で見つけられるでしょうけど、菊さんはあちこちの料理屋に顔が利《き》くじゃありませんか。話を聞いてもらうだけでもいいのです。わたしは明日、家主の源助《げんすけ》さんを訪ねるつもりですし……」

「まあ、聞くだけは聞いてみよう」

「やっぱり菊さんは頼りになるわね。よかった」

お志津はほっと胸をなで下ろしたようにつぶやいた。

「お千代さんはもう寝ているのか？」

「疲れたんでしょう。さっきから寝息を立てていますわ」

「それなら明日には、すっかり元気を取り戻すだろう。さ、おまえも休んだがいい」

「ええ、それじゃお休みなさいませ」

お志津が隣の間に引き取っても、菊之助はすぐには眠りにつくことができなかった。

立花の面倒と、お千代さんの面倒を……。

どうしてこんなことになるんだと、菊之助は胸の内でため息をつく。

二

「恥をかいたまま黙っておることはなかろう」

石倉大三郎《いしくらだいざぶろう》は他の仲間三人を眺めて、そばをすすった。神田相生町《あいおいちょう》にある小さな蕎麦《そば》屋の隅である。

いっしょにいるのは、山口門之助《やまぐちもんのすけ》、片岡忠市《かたおかちゅういち》、田山広太郎《たやまこうたろう》。昨日、高砂橋のそばで女に因縁をつけているところを、菊之助に負かされた連中である。

「おれもこのままでは腹の虫が収まらぬ」

山口が猪口の酒を舐めていう。

「町人のなりで生意気にも侍言葉を使っておったな」

田山も不快そうな顔をしている。

「侍くずれだろうが、なかなか腕が立つ男だ。しかし、下手に相手をしてもなんの得にもならぬ。放っておけばいいではないか」

片岡忠市は仕返しには気乗りしないようだ。とたんに、石倉が眉尻を吊りあげた。長身痩軀で、この四人のなかではもっとも気の短い乱暴者だった。

「放っておけというが、黙って引き下がっていたら武士の沽券《こけん》に関わる。おぬしにも武士の一分はあるはずだ。わかったようなことを言うものではない」

「あれはこっちにも落ち度があった」

「女のことか……それはそれだ」

「だが、仕返しをするというが、どんな仕返しをするつもりだ」

「昨日はこっちに油断があったのだ。町人だと思っていた心の油断だ」

「いや、腕はかなりだと見た。仕返しをしたら、また負けるのではないか」

「やい片岡、おぬし怖じ気《おけ》ておるのか……」

石倉は片岡をにらみつけた。格子の隙間から日の光が漏れ射しており、石倉の頬に条《すじ》を引いていた。

「怖じ気ているのではない。馬鹿馬鹿しいのだ」

「なに、馬鹿馬鹿しいだと……」

石倉の頬が紅潮した。

「相手にするほどの者ではないということだ。おれたちにはそれより大事なことがある。下手なことをすれば就ける役職にも就けなくなるのではないか。なんのために組頭《くみがしら》の家に日参しているのだ。後先のことを考えず、騒ぎを起こしたばかりに、立場がもっと悪くなるということもある」

片岡の言葉に石倉は黙り込んだ。たしかに一理あると思う。この四人は、いずれも小普請組の御家人だった。役職がないから何とかして、その職を求めていた。

もっとも、家禄《かろく》はあるが、高が知れている。暮らしを好転させるためには役職に就くことが第一であった。そのために、夜討ち朝駆けで組頭の家を訪ね、〝就職活動〟をしているのだった。

役職に就けば、足高《たしだか》や役料などが禄に付け加えられる。いまのままだと、三十俵二人扶持《ぶち》である。それに、務める役職がないので二分《ぶ》の小普請金を納めなければならなかった。遊んでいても家禄は入るが、それでは暮らしが立たないのである。同じ小普請組の者はそのために、内職に精を出すものが多い。

「片岡の言うことはもっともであろうが、おれもやつにはちょいとばかり我慢がならぬ。やはり引っ込んではおれぬだろう」

田山が広いおでこに汗を浮かべていう。

「そうだ。田山もそう思うであろう」

仲間を得た思いで石倉は声を高めた。

「それじゃ勝手にやることだ。おれは降りる」

そういった片岡を、三人が眺めた。裏切るのかという目をしている。だが、片岡は取りあうつもりはないらしく、

「金は置いてゆく。仕返しをしたければ、おまえたちでやればよいのだ」

そういって、腰をあげて店を出ていった。

残った三人はしばらく気まずい沈黙を保った。

「片岡の野郎、怖じ気づきやがって。けッ、気に食わぬやつだ。やつとはもうおれは付き合わないことにする」

沈黙を破ったのは山口だった。

「やつはいつもそうなのだ。わかったようなことばかりぬかしやがって……」

田山も山口に応じた。

「そうだ、やつのことは放っておくのだ。それじゃ、おぬしら仕返しをするか？」

石倉は田山と山口を交互に見た。

「おれはやるぞ。こんなときのために剣術の稽古《けいこ》をつづけてきたのだ」

田山は語気強くいう。石倉もそうだと思った。番方《ばんかた》に就くことを希望しているので、石倉は田山に誘われるまま下谷《したや》の道場に通っている仲だった。

「そうだな、ほんとうの腕を試してみたいものだ。どうだ山口、おぬしもおれたちの道場で稽古をはじめぬか」

石倉は薄あばたの山口を見ていう。

「……悪くないな。役方《やくかた》には空きがなさそうだし、番方に転じたほうがいいだろうと思っていたところなのだ」

「ならば、おれたちに付き合えばよい。それじゃ早速これから稽古に行くか」

「うむ。そうしよう」

「待て、それより昨日のやつのことはどうする。仕返しは後まわしでもよいが、やつのことをちゃんと知っておいたほうがよいのではないか。どこに住む誰兵衛であるか、わかっておらぬと先へ進まないであろう」

田山がたしなめた。

「そうだな。それが先だろう」

応じた石倉は差料《さしりよう》を引き寄せ、店の主に勘定を頼んだ。

「そうか、おぬしも番方に心変わりしたか……」

表に出て歩きながら石倉が感心したように山口を見た。

番方とは将軍警固《けいご》や城の警衛にあたる役職のことをさす。小姓組《こしようぐみ》、書院番《しよいん》、新御番《しんご》、大番組《おおばん》、小十人組《こじゅうにん》などがそうである。これに対し役方とは、いわゆる事務方のことで、寺社奉行、町奉行、勘定奉行などの三奉行や目付などもこれにあたるが、彼らのような御家人では、それに見合った事務職がある。例えば、勘定方や作事方《さくじ》の小役がそうだった。

どんなに小さな役職でも、暮らしをよくするためには無役よりはましなのだ。

石倉などは連日のように、無役の小普請組の世話をする組頭の家に頻繁に出入りしている。なんとか取り立ててもらおうと媚《こび》を売ったり、庭の草むしりをしたり、あるいは奥方の買い物の手伝いをしたりと、それは涙ぐましいほどである。

こういったことを「対客登城前《たいきやく》」といった。字面は登城前だが、幕府重役の下城後もご機嫌伺いをするのである。

それはともかく、三人は昨日恥をかかせた町人らしからぬ男を捜すために、浜町堀沿いの道を辿《たど》っていた。

「どうせ高砂橋のそばに住んでいる者に決まっておる。その辺りを捜せばすぐにわかるだろう」

石倉は周囲の町屋を見まわしていう。日が高くなるにつれ、寒さがゆるんでいた。しかし、日が翳《かげ》ると風の冷たさが身にしみるようになる。

「……石倉、昨日いた野次馬に聞くのは、ちょいとばかり恥ずかしいものがあるな」

でこの田山がそんなことをいうが、じつは石倉もそれを気にしていたのだった。昨日さんざんな目にあった自分たちのことを、目撃した野次馬は、きっと馬鹿にしているに違いない。その連中にはできれば会いたくなかった。

「そんなことはいっておれぬぞ。恥を忍んで聞いてゆくしかないだろう。しかし、昨日いた野次馬の顔をおれたちは覚えてるのか、いないだろう」

「ま、そうではあるが……」

石倉は口ごもってから、言葉を足した。

「もっとも、野次馬もおれたちの顔は覚えていないかもしれぬ」

「そうだな」

と、田山が応じた。三人は高砂橋のそばまで来ると、手分けして昨日の男を捜すために聞き込みをはじめていった。いうまでもなく三人が捜しているのは菊之助である。

三

駿河町《するがちょう》にある〈玉亭《ぎょくてい》〉は、上々吉《じょうじょうきち》の店だと評判だった。この店で仲居をやっていたおてると板場の料理人・弥吉《やきち》が結ばれて久しいが、その仲を取り持ったのは菊之助と言っていいだろう。

また、おてるの連れ子である文吉《ぶんきち》もずいぶん大きくなっていた。菊之助は研ぎ終えた包丁を届けに来たついでに、弥吉に訊ねてみた。

「店のほうは手は足りているのかね？」

「は……」

弥吉は研ぎあがった包丁をしげしげと眺め、さすが荒金さんの研ぎは違うと感心しているところだった。

「この店は結構な繁盛ぶりだ。だから仲居仕事も大変ではないかと思ってね」

「仲居ですか……」

弥吉は店の奥を見てから顔を戻した。まだ店は開店前で、仲居の姿はなかったし、主の卯兵衛《うへえ》は買い出しに出かけているところだった。

「もし、手が足りていなければ、いい人がいるんだよ」

菊之助はそれとなく訊ね、弥吉に期待顔を向けた。

「いまのところは間に合っておりますが、荒金さんの薦められる人ならば間違いないでしょうから、念のため旦那に聞いておきましょうか」

弥吉は菊之助に世話になっているので、腰も低いし、いつも好意的である。

「無理に頼むわけではないが、そうしてもらえると助かる」

「それじゃ早速にも……」

「ところで、おてるさんはどうしてる?」

「へえ。あっしも店をまかせてもらえるようになり、暮らし向きも落ち着きましたので、家の仕事に精を出しております」

「そうかい、それは何よりだ。近ごろ顔を見ないので、どうしているのかなと気になっていたんだ。よろしく伝えておいてくれ」

「よくよく伝えておきます。あっしと同じで、あれも荒金さんやお志津さんにはいつも感謝しておりますんで……」

「いやいや、そんなことはもう気にすることはないよ」

菊之助は鼻の前で手を振って、あらためて店のなかを眺めた。

「それにしても、この店はいつ来ても気持ちがよい」

玉亭はこぢんまりした店だが、いつも清潔で趣味がよかった。壁の掛け軸も一輪挿しも、はっと人の目を惹《ひ》き、和《なご》ませてくれるのだ。

「いつもお褒《ほ》めに与《あずか》り恐縮です」

「それじゃまあ、さっきのことよろしく頼んだよ。おいしいお茶をご馳走《ちそう》様……」

菊之助が腰をあげると、弥吉は腰を深く折りながら、店の表まで出て見送ってくれた。この店に来ると、仕事を受けて金をもらっているくせに、妙な心持ちになる。主の卯兵衛以下、店の誰もが菊之助を敬《うやま》うように接してくるからだった。

自宅に帰る途中、本船町《ほんふなちょう》の魚屋に立ち寄った。このあたりは江戸一番の魚市場だ。早朝は仕入れの料理人や、お城からの買い出し人たちでごった返す活気のある場所だ。なにせ日に千両の売り上げがあるというから、そのにぎわいは大変なものだ。

しかし、昼前の魚河岸《うおがし》にはのんびりした空気が流れていた。菊之助は干物屋や床見世《とこみせ》の乾物《かんぶつ》屋などをのぞいたあとで、生《い》け簀《す》を張っている店に寄って、魚を物色した。

あれこれ迷ったが、鮃《ひらめ》が目についた。店の者にかけ合うと、気《き》っ風《ぷ》のいい男で、大まけだといってずいぶん安くしてくれた。

菊之助は、今日はいい日だと気をよくし、鮃を提《さ》げて家路についた。刺身にはもってこいだし、ぶつ切りを唐揚げにしてもうまいし、あらは吸い物にできる。

久しぶりに腕をふるってみようかと考えた。

呼び止められたのは、親父《おやじ》橋を渡ってすぐのところだった。次郎だった。そのそばの茶店の縁台には秀蔵が座っており、

「いいところで会った。話があるんだ」

と菊之助を呼ぶ。

「なんだ、もう立花殿の敵のことがわかったか？」

「そうなんだ」

秀蔵はあっさりという。

「それじゃ、江戸にいるんだな……」

菊之助は鮃を提げたまま秀蔵の隣に腰掛けた。

「いるかどうかはわからぬのだ。だが、村井為之助のことはわかった。たしかに長崎代官所の手付をやっていた男だ。だが、長崎から戻って半月ほどで役目を解

かれている」

「なぜ？」

「村井は抱席《かかえせき》だったのだ」

手付には、家督《かとく》を子息に相続できる譜代《ふだい》席と、一代かぎりの抱席がある。村井は抱席だから本人が死ねば、子供が家督を相続することはできない。

「抱席だからといって、急に役目を解かれることはないだろう」

「なんでも本人の申し出があったそうだ。体の変調が理由らしい。それに、拝領屋敷も出ているので、居所がわからぬ」

「拝領屋敷を出たというのは……」

「家禄も返上したということだ」

「ずいぶん思い切りのよい男だな。それとも、よほど体の具合が悪かったのか」

「それはわからぬ。女房子供がいるだろうと思ったが、それもいなかった。同輩の者に、その後のことを聞いても何もわからぬのだ」

「何も……」

菊之助は眉宇をひそめた。

「そうだ。なにもわからぬ。ただ、武士に未練はないと常々公言していたそうだから、職替えしたのかもしれぬ。家禄を返上していることでもあるからな」

「では村井為之助は、どこで何をやっているか何もわからぬということか……」

「そういうことになる」

困ったと思った菊之助は、親父橋を渡ってくる親子らしき行商人をぼんやり眺めた。敵の行方がわからなければ、立花縫之助はこれからも村井捜しをしなければならないということになる。

「おれの調べはそこまでだ。菊の字、どうしたものかな……」

秀蔵は茶を口に含み、遠くを見やり、言葉を足した。

「何か適当な口実をつけて、長崎に帰したらどうだろう」

「どんな口実をつける」

菊之助は秀蔵を見た。

「それなんだ。ひとつ何かいい知恵をはたらかせてくれないか」

「なに。それじゃ、それもおれにまかせるというのか」

菊之助はキッとなって秀蔵をにらんだ。

「すまぬ。ちょいとややこしい問題を抱えこんじまったんだ。おまえには悪いが、何とかやってくれ、このとおりだ」

秀蔵は手を合わせて拝む。これは非常にめずらしいことだった。めったに頭を下げない男が手を合わせて、頭を下げたのだ。菊之助はいい返すべき言葉を呑み込み、

「おまえってやつは……」

と、ただ首を振るしかなかった。

四

妙な話を聞いたのは、自宅長屋に近い新和泉町《しんいずみちよう》の通りだった。菊之助に声をかけてきたのは、なじみの仏具屋の主で、

「菊さんのことを捜している侍がいたんだよ。それが妙に剣突《けんつく》な男でね。訊ねられるのはいいが、ものはいいようじゃないか。それを威張り腐ったものいいで、腹が立つよ」

という。

「わたしのどんなことを聞いていたんだね」

「どんなもこんなも、高砂橋で女がらみの悶着《もんちやく》があったのは知っているだろう。

そのとき町人のなりで侍言葉を使うやつがいたが、知らないかと……。頭に来たんで、そんな人は知らないといってやったんだ」

仏具屋は手にしていたはたきで、自分の腿《もも》のあたりをパタパタはたいた。

「相手はひとりだったかい?」

「ああ、ひとりだったよ」

菊之助は誰だろうかと思った。空に浮かぶすじ雲を眺めて、昨日の男だったのだろうかと考えるが、あのときは四人だった。ひとりというと違う男かもしれないが、見当がつかない。

「今度その男が来たら、教えてやるといい」

菊之助はそういって家に戻った。お志津もお千代もいなかった。買ってきた鮃を盥に入れて、仕事場に行き、研ぎ仕事をはじめようとしたが、さっき仏具屋の亭主にいわれたことが頭に引っかかっていた。

「いったい誰だろう……」

独り言をいった菊之助は、たまっている研ぎ仕事にかかった。荒研ぎから中研ぎにかかり、刃先を見て研ぎ具合を見る。夏なら汗をかいているところだが、この時期は汗ばみもしない。閉めている腰高障子《こしだかしょうじ》にうっすらとした明かりが射している。

菊之助は縫之助に敵のことを話してやらなければならない。これも頭の痛いことだった。いったいどんないい方をしたら、縫之助が納得するだろうかと考える。

四本の包丁を研ぎ終わったとき、戸口に人が立ち声をかけてきた。

「荒金さん、立花です。お邪魔いたします」

戸が開き、縫之助が相変わらずのよれたなりで三和土に入ってきた。菊之助は研いでいた包丁を置いて、

「ちょうどよかった。話があります。そこにお座りください」

といった。

「もしや、村井為之助のことが……」

縫之助は目を輝かして上がり框に腰をおろした。

「秀蔵に……その横山に会ってきましてね。それで村井のことが少しわかったのです」

「まことですか……」

縫之助は身を乗り出してきたが、菊之助は首を横に振ってつづけた。

「それが、村井は小普請組をやめたそうなのです。拝領屋敷も引き払っていると

いいます」

「……どういうことです」

「それはわたしにもわかりません。ただ、家禄を返上して幕臣をやめたとなれば、浪人になったのでしょう。いまどこで何をしているかもわからないようです」

「家禄も……」

縫之助はまばたきもせずにつぶやく。

「立花殿、考えなおしてみてはいかがです」

「考えなおすとは……」

「敵討ちには手間がかかります。村井があっさり見つかっていれば、思いを遂げることもできたでしょうが、いまは相手のことがわからない。見つけるのには暇がかかります」

「どういうことです？　暇がかかるからやめろと申されるのですか……」

「考えてもみてください。あなたも敵討ちがいかに大変かということはご存じのはず。一念をもって思いを果たそうとして、一生を棒に振ることもあるといいます」

「そんなことは百も承知です。そりゃあ、いまのわたしには金もなければ住むところもない。頼る人もいない。だが、泥水を飲んでも村井を捜しだして敵を討たねばならぬのです。可愛いわたしの妹を犯して殺した外道《げどう》です。それも娘たちの前で……そんな卑劣な男を放っておくことはできぬ」

縫之助は語気を荒《あら》らげて菊之助を見た。

「気持ちはよくわかりますが……」

「わかっておらぬ。どこにいるかわからぬと申されるが、やつには上役がいたはずだ、親戚も友達もいるはず。その者たちから話を聞けば、わかるかもしれぬではありませんか」

「たしかにそうでしょうが……」

菊之助は困ったなと、顔をしかめた。

「とにかくわたしは長崎から足を棒にして江戸までやってきたのです。村井が、家禄を返上して浪人になったのなら、当方にとってはまた都合のよいことになったわけではありませぬか」

たしかに敵討ちをするといっても相手が幕臣であれば、問題がある。しかし、浪人身分であれば大きな支障はない。

「荒金さん、やつの住んでいた拝領屋敷はどこです？　早速にも訪ねて村井のその後を調べたいと思います」

縫之助の敵討ちを止めるのは難しそうだ。菊之助は小さなため息をついた。

「いかがなされた……」

「村井がどこに住んでいたかは、次郎が帰ってこないとわかりません」

「ならば待つことにします」

気まずい沈黙が流れた。しばらくして縫之助が遠慮がちに口を開いた。

「荒金さん、つい声が大きくなりました。心配してくださるのは嬉しいのですが、わたしは敵を討たなければならぬのです」

「わかりました。もういらぬことは申しません。しかし、今日明日に村井のことがわかればよいのですが……」

「金のことなら心配ご無用。次郎殿の仕事の手伝いをすることになっています」

「次郎の……」

菊之助は目をしばたたいた。

「はい。箒売りをさせてもらいます。次郎殿は横山さんの助働きが忙しそうなので、暇を見てわたしがやることにしたんです。それに、町を流し歩いているときに村井を見つけられるかもしれませんから」

「村井の顔を知っているのですか？」

「面と向かって会ったことはありませんが、おおよそのことはわかっております。妹の娘たちからも、また長崎代官所でもやつの人相は細かく聞いてあります」

「……そうでしたか」

菊之助はそういってから、ふと思いだしたように縫之助の顔を真正面から見た。

「いい魚を仕入れてきました。あとでうちにおいでください。酒でも飲みながらゆっくり話をしませんか」

「それは願ってもないこと、喜んでお邪魔させていただきます」

「それからこれは気にしなくてよいですから、風呂に入ったらどうです」

菊之助は一分を縫之助の手ににぎらせた。

「これはかたじけない。いや、恩に着ます。しかし、ほんとうによいので……」

「困ったときは相身互《あいみ》いです」

菊之助がやわらかい笑みを浮かべると、縫之助は目を潤ませて一分を押しいただいた。

「わたしはいい人に出会った」

縫之助は感激屋なのかもしれない。菊之助がそう思ったときには縫之助は一粒の涙を頬に光らせていた。

五

石倉大三郎はその日の夕刻、田山広太郎の屋敷を訪ねた。山口門之助も先に来ていて、石倉の到着を待っていた。三人の住まいは、湯島三組町《ゆしまみくみまち》にある小普請組の大縄地《おおなわち》だった。

田山は妻帯していないので、その家は密談をするにはもってこいだった。中間《ちゅうげん》も雇う金がないのでいないし、まったくの独り身である。

「どうだ、やつのことはわかったか？」

居間にあがるなり、石倉は田山と山口を見ていった。

すり切れた畳に障子越しのあわい光があたっていた。

「やつの名は荒金菊之助という。高砂町の裏店《うらだな》にて研ぎ師をやっている」

いったのは山口だった。

「研ぎ師……」

「なかなか腕がよいという評判だ。聞いたところ、士分はまだ捨てておらぬそうだが、八王子《はちおうじ》の郷士《ごうし》の出らしい」

「それじゃ田舎侍ではないか。ふん、そんなやつが……」

石倉は馬鹿にしたようにいって煙草《たばこ》入れを懐から出した。

「田舎侍といっても、やつは腕が立つようだ。用心しなければならぬ」

そういう田山は広いおでこを光らせている。

「まあ、それなりの用心はすべきだろうが、こっちは三人だ」

「それじゃ、三人でやつを痛めつけるというのか……」

田山が目を見開いた。

「いざとなったら、その肚《はら》づもりでいればよいだろう。だが、まずはどうやってやつの鼻をあかし、思い知らせてやるかだ。まさか闇討ちをかけるわけにもいかぬしな」

「それより、いつやるんだ?」

聞いたのは山口だった。薄あばたのある頬を掌で撫で、茶を口に運んだ。

「明日、明後日というのもなんだ。少し様子を見ようではないか。それに、おれたちはこのところ道場での稽古を怠《おこた》っている。少しは腕を磨いておくべきだろう」

「そうだな。役目のこともあるから、やつにかかりきりになるのも考えものだ」

「こうしたらどうだろう」

石倉は煙管《キセル》を吹かしてから、田山と山口を見た。

「十日ほど様子を見て、やつに果たし合いを挑むというのは……」

「果たし合い？　まさか真剣で渡り合うというのではあるまいな。そりゃあやめたほうがよかろう。もしもってことがある。こっちが斬られたら元も子もない」

尻込みするようなことをいうのは、田山だった。

「そうだ、真剣は考えものだ」

山口も口を添えた。

「斬り合いをするつもりはないさ。木剣でいいだろう。それも武士らしく一対一の試合だ。妙な意趣《いしゅ》返しとは違う。木剣なら名分も立つであろう。そうではないか」

「うむ、それならよいだろう」

山口が応じて言葉を継いだ。

「しかし、いつどこでやる？　おれたちには都合があるし、荒金にも都合があるだろう」

自分たちの都合というのは、何を差し置いても〝就職活動〟のことである。三人は一日も早く役職に就きたかった。それが目下の大問題なのだ。

「この際だ。日時を決めておいたらどうだろう。そうすれば、おれたちもその日に向けて腕を磨いておくことができる」

「そうだ、それがよい」

田山が石倉のほうに煙草盆を押しやった。石倉が灰吹きに灰を落とした。

「それじゃいつにするか……」

と、石倉は腕を組む。日が翳ったのか、部屋のなかが暗くなった。

「十日も見ればいいのではないか」

山口が考える目をしてつぶやいた。

「恵比寿《えびす》講の日はどうだ。あの日は商家も職人も町に繰り出している。人目につきにくいはずだ」

田山がいう恵比寿講は、十月二十日のことである。

「よかろう。それまでたっぷり暇がある。腕も磨けるというものだ。それで場所はどうする。まさか道場というわけにはいかぬぞ。どこか適当なところはないか」

石倉は田山と山口の真面目くさった顔を見比べた。

しばらくして山口が名案が浮かんだという顔で口を開いた。

「浅茅ヶ原《あさじがはら》はどうだ。あそこは春ならいざ知らず、この時期は人がいないはずだ。それに鏡ヶ池《かがみがいけ》があるので、荒金を痛い目にあわせたついでに池のなかに放り込んでやればよい」

「それはよい。あそこならうってつけだ。よし、そうしようではないか」

石倉が応じたことで話は決まった。

浅草《あさくさ》浅茅ヶ原は桜の名所である。花見の時期になると、弁当を持った江戸雀《すずめ》が集まって、鏡ヶ池のそばで花見に興《きょう》じる。しかしいまは紅葉も終わりかけで、人気《ひとけ》はすっかりないはずだ。

「それで、先に荒金に果たし合いのことを伝えておいたがよいだろうか……」

田山だった。

「いや、もう少しあとでいいだろう。先に果たし状を突きつければ、やつも用心して剣術の稽古に励んでしまうかもしれぬ。まさか負けるとは思わぬが、それなりに腕が立つのはおれたちも知っている」

卑怯《ひきょう》なことだと思いながらも、石倉はこれもひとつの策だと、自分を納得させていた。

「おれもあとでよいと思う」

山口もそういうので、田山もそれでいいだろうといった。

「こうなったら明日から道場に通うことにいたすか」

石倉は煙管の吸い口を、ぷっと吹いて仲間の顔を見た。

「そうしよう」

そういった田山は、何やら面白くなってきたなと片頰に皮肉な笑みを浮かべた。

六

「これは大変なご馳走を……」

湯に浸かってきた縫之助は、大皿に盛られた鮃の刺身を見て目を瞠った。無精ひげも月代も剃ってきたので、ずいぶん面《おも》変わりをしていた。

縫之助が驚くように、大皿には鮃の刺身が盛りつけられていた。捌《さば》いて切ったのは菊之助だが、見映えよく檜《ひのき》の葉や小菊の飾りなどで盛りつけをしたのはお志津だった。

「まあ、ひとつまいりましょう」

菊之助が酒を勧めると、縫之助が盃を差し出した。酒はいけるほうだと自分で
いう。感激屋でもあるが、遠慮のない男のようだ。かといって縫之助には嫌みが
ない。

「あらの吸い物もあとでお出ししますよ」

香《こう》の物を運んできたお志津がそういって、お千代さんもこっちにいらっしゃい
なと台所を振り返った。

「妹さんですか？」

縫之助がお千代を見てから、お志津に訊ねた。

「いいえ、そうではありません。お千代さん、こちらは立花縫之助さまとおっ
しゃる方で、長崎から見えられたのですよ」

「長崎から……」

お千代がそばにやってきて、驚いたように縫之助を見た。

「わけあって江戸までやってきた次第です」

「それは遠くから……それでは、よほど大事なご用か何かで……」

「まあ、いろいろな事情があるようです。人それぞれですよ。お千代さんもいっ

しょにやりましょう」

菊之助は縫之助の敵討ちを誤魔化すようにいって、お千代に盃を持たせた。

「遠慮はいりません。うちは食事もいっしょにするほうです。男だ女だという隔ては気にしませんから、さあおやりなさい」

「それでは……」

遠慮がちにお千代は酒を飲んだ。

「菊さん、お千代さんの家が決まったのですよ」

盃を手にしたお志津が菊之助を見て、

「この長屋に住むことになったんです。昼間、家主の源助さんを訪ねていくと、二つ返事で引き受けていただいたんです」

といって、お千代に微笑《ほほえ》む。

「ほう、そりゃ何よりだった。そうだ、わたしにも話があるんだ。駿河町に玉亭というちょっとした料理屋があるんだが、仲居の仕事があるかもしれない。主の卯兵衛さんは留守だったが、板前が聞いておいてくれるといってくれた」

「玉亭さんだったら、きっとお千代さんにもお似合いだと思いますよ。格式のある上品な店ですから。雇ってくださるといいわね」

「お千代さんは、これまでどこに……」

聞いたのは縫之助だった。

「上野のほうにいたんですが……」

「ああ、それはわたしからお話ししましょう」

お志津が遮って言葉を継いだ。

「奉公していた店がつぶれてしまったんです。江戸はいろんな店が多いので商売も大変なのですよ。立花さん、どうぞ遠慮しないで箸をつけてください」

菊之助にはお志津の気づかいがよくわかった。はじめて会った男に、まさか三行半をつきつけられて離縁された女などとはいえない。

「それはお気の毒なことに……どんなご商売だったのです？」

縫之助は刺身をつまんでお千代を見る。だが、その目が最前と違っていることに、菊之助は気づいた。ひょっとすると、縫之助の好みの女なのかもしれない。

「小さな小間物屋でした」

お千代は目を伏せて答えた。

「小間物屋……。江戸には同じような店が多いのですね。ですが、おひとりなんですか。あなたのようなきれいな方が、独り身だというのはもったいない気がするのですが……」

「亭主とは……死に別れましたので……」

お千代はそういってから菊之助とお志津に、そういうことにしておいてくれと目顔《めがお》で訴えた。このことで、自然と縫之助の敵討ちも、お千代が離縁された可哀《かわい》相《そう》な女であることも伏せたままにしておくことになった。

「それではお千代さんの引っ越しをしなければならぬな」

菊之助は気まずくならないように、話をそらした。お千代は明日には借りた家に必要な調度《ちょうど》を揃えるといった。それから仕事のほうも、頼ってばかりでは申し訳ないので自分で探すともいう。

「わたしもいまは小唄《こうた》の稽古も休みがちですから、お手伝いしますよ。いざとなると、あれこれ入り用なものがあるでしょう。それにこれからは寒い冬を迎えなければならないし……。あ、立花さん、手酌なんておよしください。目の前に二人も美人が揃っているのですから……そうはいっても、わたしは薹《とう》の立った大年増ではありますが……」

お志津は冗談交じりにいって縫之助に酌をしてやった。

「とんでもありません。お内儀《ないぎ》ほどの器量よしにはめったに会えません。荒金さんが羨《うらや》ましいほどです。それにお千代さんも相当の器量よしだ。ご亭主と死別されたご不幸があったとしても、もらいてはいくらでもあるでしょう」

「いえ、そんなことは……」

縫之助の言葉にお千代は照れたようにうつむいた。

そんなことで、場はなんとなく和《なご》やかになっていった。縫之助の顔が酒でまっ赤に染まったころ、次郎がやってきた。

「ああ、なんですか。それって、もしかしたら昼間、菊さんが仕入れた鮃じゃ……」

入ってくるなり次郎はそんなことをいって、菊之助を恨みがましい目で見た。

「残念であったな。おまえが来るとわかっていれば、取っておいたのだが……」

「次郎ちゃん、ガッカリしないで。お吸い物はちゃんと残っていますから」

お志津が微笑んでいうが、

「吸い物だけですか」

と、次郎はご馳走《ちそう》にありつけなかったことが、よほど残念のようだ。

「それで立花さんのことはどうなりました?」

「ああ、それはもういろいろ話をしてあるのでよいのだ。おまえ、飯は食ってきたのか」

菊之助は慌てて次郎を遮り、

「そうだ、おまえにちょっと話があったのだ」

そういって、次郎を表に連れ出し、しばらく縫之助の敵討ちのことはないしょにしておけと釘を刺した。

「変な噂を立てられたくないのだ。それに敵がそばにいたら、返り討ちにあわないともかぎらない。そうなってはことだ。心得ておいてくれ」

菊之助が諭すと、次郎はわかったとうなずいた。

七

横山秀蔵は鉤鼻《かぎばな》の五郎七《ごろしち》と寛二郎《かんじろう》といっしょに、三十間堀《さんじっけんぼり》五丁目にある〈伊勢屋《いせや》〉という煎餅屋《せんべいや》の店先でふるえていた。日が落ちてからどんどん寒気が強くなっているのだ。

さっきからしきりに手をこすったり、足をこすったりしていた。そばにいる五郎七も寛二郎もいっしょで、

「こんなことなら手焙《てあぶ》りを借りておくんでしたね」

と、寛二郎がいう。

店の主夫婦は近くの長屋に住んでおり、通ってきて商いをしているのだった。よって、見張り場にしているその煎餅屋には、秀蔵たちしかいなかった。

見張っているのは、木挽町《こびきちょう》四丁目にある〈相模屋《さがみや》〉という呉服屋だった。秀蔵のいる煎餅屋からだと、三十間堀にかかる木挽橋を渡ったところにある。

今夜その店に賊が入るという情報を得ていたのだ。このところ、盗賊が横行しており、火盗改《かとうあらため》だけでは手が足りなくなり、先手組《さきてぐみ》の者たちも見廻りや取締りに駆り出されていた。当然、町奉行所の仕事も増えている。

そんなことで、秀蔵はこのところ忙殺《ぼうさつ》されているのだった。

「旦那、飯を食っておいたほうがいいですよ」

五郎七がにぎり飯を差し出した。秀蔵は早く片をつけて、あとで腹を満たそうと思っていたが、

「そうだな。腹に何か入れれば、寒さも少しは凌《しの》げるだろう」

そういってにぎり飯をつかんで頬張った。寛二郎が冷めた茶を出してくれる。目立たないように、有明《ありあけ》行灯を遠くに置いていた。

三人は戸口の節穴《ふしあな》から代わりばんこに、橋向こうの相模屋を見張っているのである。聞き込んだ情報と、その賊の仲間を取り押さえて白状させたところ、賊は少数であった。おそらく二人か三人だという。

取り押さえた賊のひとりは、新兵衛《しんべえ》という元大工だった。その仲間も大工や左官崩れだという。自分たちがこれまで手がけた商家に狙いをつけて、盗みに入っているのだった。けちなこそ泥である。

しかし、入られたほうはたまらない。ようやく尻尾《しっぽ》をつかまえたのだから、今夜のうちに片をつけておきたかった。

本来なら捕り方を配置させるべきだが、新兵衛を捕まえたのは日暮れ前だったので、その段取りをする時間がなかったのだ。

捕り物出役《でやく》には奉行の許可が必要で、それに準じた支度があるし、手続きもしなければならない。そんなことは面倒であるし、相手は人を殺《あや》めたり傷つける性悪《しょうわる》でもなさそうである。それに、賊は二、三人だ。数がはっきりしないのは、

「分け前で揉めて、へそを曲げたやつがいるんです」

という新兵衛の証言があったからだ。

「で、何人で盗みに入るというのだ？」

「ですから、二人か三人だと思うんです」

と、新兵衛はいう。

よって秀蔵は、自分と五郎七と寛二郎がいれば充分間に合うと判断していた。しかも相手は剣術の覚えのない元職人である。侮《あなど》っているわけではないが、恐れるような盗人ではなかった。

「旦那、おかしいです」

表を見張っていた五郎七が、秀蔵を振り返った。

「提灯《ちょうちん》をさげてやってきたやつが、明かりを消して相模屋の横路地に消えました」

秀蔵は口に入れていたにぎり飯を呑み込んで、節穴に目をあてた。相模屋の表に人の姿はない。

「ひとりだったのか……」

「そうです」

秀蔵は妙だなと思った。相模屋のそばに目を凝らすが人影はない。どこかで犬の鳴き声がするだけだ。

「そやつは相模屋のどっちの路地に入った」

「右です」

するど、抜け裏になっている路地だ。左は袋小路になっている。裏から入るつもりか？　だが、裏戸はしっかり閉められている。相模屋にはすでに注意を促しているので、戸締まりを怠っているとは思えない。

「様子を見てくるか……」

「それじゃ、あっしが行ってきます」

そういった五郎七が立ちあがった。賊がそばにいるなら、一目で町方《まちかた》の同心だとわかるなりをしている秀蔵では具合が悪い。ここは五郎七にまかせることにした。

秀蔵と寛二郎は表へ出ていった五郎七を、戸障子の隙間から見守った。紺股引に尻っ端折りした五郎七は、その辺の職人風情《ふぜい》である。賊にも町方の息のかかった手先だとはわからないはずだ。

風が出てきて、地表の土埃を舞いあがらせた。木の葉がカサカサと音を立てて転がっていた。隙間風が冷たい。

「早く片をつけて熱いものを食いたいものだ」

秀蔵がそういえば、

「あっしは熱燗《あつかん》の酒がほしいです」

と、寛二郎がいう。

しばらく待ったが、様子を見にいった五郎七が帰ってこない。いやな胸騒ぎを覚えた秀蔵は戸口に手をかけた。

「どうするんで？」

寛二郎が見あげてくる。

「ちょっと見てくる。妙に気になるんだ。おまえはここにおれ」

秀蔵はそういって戸を開いて表に出た。吹きつけてくる寒風が、身をすくませた。ぶるっと肩を揺すり、襟をかき合わせて木挽橋を渡った。辺りに注意の目を向けるが、人影はない。星明かりも弱いので、夜目《よめ》を利かせなければならなかった。

五郎七の消えた路地に入ったが、ここにも人の姿はない。

だが、少し行ったところで低い声が聞こえてきた。秀蔵は足を止めて耳をすました。

「やはりそうだ。見てみろ、この野郎、十手《じって》を持ってやがった」

秀蔵は刀の鯉口《こいぐち》を切って足を進めた。男の低声《こごえ》はつづいていたが、カタカタ鳴る建て付けの悪い戸板の音と、ピューッと空をわたる風の音でかき消された。

男の声は相模屋の裏口のほうだ。秀蔵は用心をしてその曲がり角に来た。と、そのときだった。目の前に黒い影が立ち塞がった。

とっさに刀を抜こうとしたが、相手の動きが速かった。左腕を斬りつけられたのだ。不意をつかれた秀蔵は、横に逃げて右肩を隣の屋敷塀に打ちつけた。

左腕を庇《かば》いながら、片手斬りをしようと身構えたが、曲者《くせもの》は間髪《かんはつ》容《い》れず白刃をひるがえしてきた。秀蔵は横に払って、間合いを取るために下がった。だが、相手は暇を与えずに撃ちかかってくる。

秀蔵は右手一本で、相手の刀をすりあげて、股間を蹴りあげようとしたが、足は空《くう》を切っただけだった。体の均衡を失ったところを、今度は背後から斬りつけられた。

「うぐっ……」

秀蔵はそのまま前のめりに倒れた。

第三章　空回り

一

翌朝、井戸で洗面をし房楊枝《ふさようじ》を使い終わって自宅に帰ると、次郎がやってきた。

「どうした、こんな早くに……」

菊之助は水をすくうように丸めた両手に息を吹きかけた。吐く息が白い。

「ちょいと考えたことがあるんです」

次郎は奥の台所にいるお志津を見てから、声を低めた。

「立花さんをこの家で預かってもらえませんか？」

「あの人を……」

「おいらの家は知ってのとおり、男二人で寝るには狭すぎるんですよ。で、菊さんが泊めてやってくれたら助かると思ったんです。勝手な頼みだというのはわかっていますが……」

「ふむ、まあそうだな。しかしおれの一存ではどうにもな……」

「お志津さんにちょいと聞いてもらえませんかね」

次郎は弱り切った顔をする。

菊之助は居間を見た。奥の寝間をお千代が片づけているところだった。お千代は昨日借りた長屋の家に、今日から住むことになっている。

「ちょっと待っていろ」

菊之助は次郎にいって、台所に足を向けた。

竈《かまど》にかけられた飯釜とみそ汁の鍋から、湯気が立ち昇っていた。

「お志津、お千代さんは今日から長屋の家に移るのだな」

「そうですよ」

お志津が柄杓《ひしやく》でみそ汁をすくって振り返った。

「立花さんをしばらく預かってもよいかな。次郎が、自分の家は狭いのでなんとかならないかというのだ」

「あの方をですか……」

お志津は目をまるくして少し考えた。

「よく知らない人だから気乗りしないだろうが……次郎がな……」

菊之助は次郎を振り返った。次郎がお志津に申し訳なさそうに会釈をした。

「だったらこうしたらどうでしょう。次郎ちゃんを預かって、立花さんが次郎ちゃんの家に寝泊まりするというのは……」

「そうか……」

菊之助は、はっと目を輝かせて手を打った。そうである。次郎なら気心が知れているし、お志津も安心である。早速そのことを次郎に話すと、

「そうしてもらえるなら願ってもないことです」

と、次郎も納得した。

「それじゃ、そのように立花さんに伝えますんで、おいらのこと今夜から頼みます」

次郎はぺこりと頭を下げて行こうとしたが、菊之助が呼び止めて表に連れ出した。あまりお千代には聞かれたくない話だからである。

「立花さんだが、今日も村井を捜すのだな」

「へえ、そういっています。村井為之助の住んでいた屋敷を教えてあるんで、そ

こからあたっていくそうで」

「あの人はおまえの代わりに箒売りをやるともいっているが……」

「様子を見てやるようです。おいらはここんとこ横山の旦那の助働きから手が離せないんで、ちょうどいいんじゃないかな」

「おまえはかまわないんだな」

「あの人の気持ちはわかりますので……」

「しかし、今日明日に決着がつくような話ではないんだ。長引くようだったら、また考えなければならぬ」

「それは、おいおい考えることにします。とにかくしばらくお願いしますよ」

「しかたないな」

次郎はそのまま走り去っていった。

菊之助は居間にあがり、膳部《ぜんぶ》の前に座った。お志津の代わりに、お千代が飯をよそってくれた。髪を梳《す》き、うっすらと化粧をしている。高砂橋で会ったときよりわずかに華やいで見えるし、家が決まり落ち着けることで安心もしているようだ。

「今日は引っ越しで忙しくなりますな」

菊之助は納豆をかき混ぜながらいった。

「引っ越しというほどでもありませんが、入り用なものを揃えたいと思っています」

「しかし、家が決まってよかった」

「これも何かのご縁だと思います。ほんとうに荒金さんとお志津さんにはお世話になりっぱなしで……」

お千代は両手をついて頭を下げた。

「もう堅いことは抜きです。お互い同じ長屋の住人なんですから。あとは仕事が見つかればよいが……」

「わたしも手伝ってあげようと思ってるんです。玉亭さんにもお千代さんを連れていってみます」

お志津がそばにやってきていった。

「雇ってもらえるといいのだが……」

菊之助は飯に取りかかった。

朝餉《あさげ》を終えて仕事場に入り、研ぎの支度をしていると、ひょっこり縫之助が現れた。

「昨夜は思いもよらぬご馳走に与り、かたじけのうございました」

「なんのあれしきのことで……。それより、今日は村井のいた組屋敷を訪ねられるとか……」

「はい、何がなんでも捜しださねばなりませぬゆえに。それより昨日頂戴《ちょうだい》した金子《きんす》ですが、長崎から金が届き次第、お返しいたします」

「あれは気になさらずに……」

「そうはいきません」

「ところで、長崎には奥方がお待ちなのでは……」

「妻はもう昔に亡くなってしまっていまして、子も授かっていないので独り身です。親戚にこれより手紙を出しますので、おっつけ金は送ってくるはずです。そのときにきちんとお返しいたします。では、行ってまいります」

縫之助はさっと一礼すると、そのまま行ってしまった。

蒲の敷物に座っていた菊之助は、しばらく考えに耽《ふけ》った。

……敵捜しの手伝いをしてやろうか。

そのためにはまず請け負っている急ぎの仕事を片づけなければならない。菊之助は砥石に包丁を添えた。

二

医者の手当てを受けた秀蔵は、いつものように町奉行所に出仕《しゅっし》して、上役に昨夜のことを報告した。しかし、自分が斬りつけられたことは黙っていた。

「まんまと逃げられてしまったか」

報告を受けた上役の春日誠太郎《かすがせいたろう》は、苦い顔をして言葉を継いだ。

「とにかく、あれもこれもというわけにはいかぬ。横山、逃げられたままではすまされぬ。きっと捕えてみせよ」

「もとよりそのつもりにございます」

秀蔵はいつになく厳しい表情になって答えた。昨夜のことはいま思い出しても腹立たしくてしようがない。

同心詰所《つめしょ》には炉《ろ》が切ってあり、炭が熾《おこ》されていた。

その炎が秀蔵の瞳に映り込んでいた。

「それにしても、今年はどうしてこんなに盗人が多いのだ。まったくわけがわからぬ」

春日誠太郎がぼやくように、夏あたりから盗賊の横行が目に余っていた。町奉行所は当然のことながら、火盗改も先手組から人をだしてもらって取締りにあたっている。

一月《ひとつき》前は日本橋にある太物《ふともの》問屋が襲われ、主夫婦と奉公人五人が斬殺され、五百両が盗まれていた。その前には小網町《こあみちょう》の廻船《かいせん》問屋の金蔵《かねぐら》が破られている。

小店や旗本屋敷も被害にあっている。被害はさまざまで、その手口も違っていた。独り働きの盗人の仕業《しわざ》かと思えば、徒党《ととう》を組んだ賊の仕業もあった。そのために幕府は、無宿《むしゅく》、百姓、町人の長脇差《ながどす》の携帯を禁止する触れを出していた。

秀蔵は軽い世間話をしたあとで、

「春日さん、そろそろ見廻りに行ってまいります」

といって立ちあがった。

「横山」

呼び止められたのはすぐだった。秀蔵が振り返ると、春日が怜悧《れいり》な目を向けてきた。

「その方、怪我でもしているのではないか……」

そういって探るように秀蔵を見る。

「何やらさっきから、肩のあたりを気にしておるようだが……」

「昨夜、寝違えたようです。なに、すぐに治りますよ」

秀蔵はにやっと笑ってみせた。だが、誠太郎にくるりと背を向けると、その笑みを消して厳しい表情になった。

そのまま詰所を出ると、奉行所の表に向かった。門そばにある待合いの腰掛けに座っていた寛二郎がさっと立ちあがった。

「大番屋《おおばんや》に行く」

秀蔵はそういって、きびきびした足取りで歩く。昨夜斬られた左腕の傷は、どうということはない。一寸（約三センチ）ほど斬られていたが、傷は浅かった。だが、肩口の傷がうずいている。こちらも深い傷ではないが、衝撃で骨に罅《ひび》が入っているのかもしれない。

「旦那、ほんとに傷のほうは大丈夫なんで……」

あとからついてくる寛二郎が心配する。

「どうってことないから歩いているんだ」

秀蔵はぞんざいにいって足を速め、数寄屋《すきや》橋を渡った。近くの茶店で待っていた五郎七と次郎が、飛ぶようにしてそばにやってきた。

「旦那、怪我をしたって聞いたんですが……」

次郎が心配そうな顔を向けてきた。

「かすり傷だ。気にすることはない。それより、新兵衛を締めあげる。ついてこい」

秀蔵はそのまま茅場町《かやばちょう》の大番屋に急いだ。

朝のうちは冷えていたが、日が昇ると少しずつ寒気がゆるんでいた。小春日和《こはるびより》といっていいだろう。空を舞う鳶《とんび》も気持ちがよいのか、鳴き声がのんびり聞こえる。

大番屋につくと、寛二郎たちを詰所に待たせて、奥の仮牢《かりろう》に向かった。薄暗い廊下を歩いているうちに、薄れかけていた怒りがぶり返してきた。

「変わりはないか」

牢の前に立って、新兵衛に声をかけた。

「へえ。いつまでここに留め置かれてなきゃならないんです」

秀蔵はそれには答えずに、牢番に扉を開けるように指図した。扉が開けられると、腰をかがめて牢内に入った。そのとき、肩がビリッと痛み、顔をしかめた。くそッと、腹のうちで毒づく。

「新兵衛、嘘をつきやがったな」

「へっ、なんのことで……」

「とぼけるんじゃねえ」

秀蔵はいきなり新兵衛の頬を張った。だが、そのことでまた肩に痛みが走った。昨夜斬りつけられた右肩がどうにもよくない。それでも痛みを堪《こら》えて、新兵衛の顎を右手で強く鷲《わし》づかみにした。

新兵衛の顔が奇妙にねじれる。

「おまえはおれにこういった。盗人の仲間は、元大工の佐吉《さきち》と研助《けんすけ》、そして元左官の孝蔵《こうぞう》だと。その三人は分け前のことで揉めていると……」

「へ、へ……」

顎を強くつかまれているので、新兵衛はうまく声を発することができない。

「ところがてめえ、刀を持っている用心棒がつるんでるじゃねえか」

「えっ……」

新兵衛は驚いたように瞠った目をきょろきょろさせた。

「知らねえっていうのか……」

秀蔵は新兵衛をそのまま強く押しやった。新兵衛は尻餅をついた。すっかり怯《おび》え顔だ。

「おれは昨夜斬りつけられてな。ひでえ目にあっちまった」

「まさか、そんなことが……」

「相模屋は無事だったが、やつらのことは何があろうと捜しだしてやる。おい、雇っている用心棒はどこの誰だ？　知らないまでも心あたりはあるはずだ」

秀蔵はずいと足を進めて、射殺すような目で新兵衛をにらみ下ろした。

「あっしはそんなことは……」

「見当ぐらいつくだろう」

秀蔵は遮って言葉を重ねる。

「知っていることを教えるんだ。さもなくば、てめえの目こぼしはできねえ。それがどういうことだか、いうまでもないだろう」

十両盗んだら首が飛ぶということぐらい、新兵衛は当然知っている。秀蔵は残りの賊の捕縛につながる証言をしてくれたら、目こぼしをしてやるといっていた。

新兵衛は秀蔵に気圧《けお》されているのか、後ろ手をついたまま忙しく視線を彷徨《さまよ》わせた。

「ひょっとすると……」

「なんだ」

「違っているかもしれませんが、研助の知り合いに栗橋五兵衛《くりはしごへえ》という浪人がいます。賭場《とば》で知り合ったという話を聞いたことがあるんで……」

「栗橋五兵衛……そいつはどこに住んでいる」

新兵衛は記憶を手繰《たぐ》るように考えてから、顔をあげた。

「たしか……十軒店《じっけんだな》のなんとかっていう長屋だったと思います。違っていたら申しわけありませんが、そんなふうに聞いた気がするんです」

「研助とその栗橋五兵衛が出入りしていた賭場はどこだ？」

「本所《ほんじょ》の大久保伝蔵《おおくぼでんぞう》という人の屋敷です。南割下水《みなみわりげすい》のすぐそばです」

秀蔵はしゃがんで、新兵衛の目をまっすぐ見た。新兵衛が喉仏を動かして、ゴクッとつばを呑む。

「……違っていたら、おまえは今度こそ土壇《どだん》送りだ」

「旦那、あっしは知ってることは洗いざらいしゃべってるじゃありませんか」

新兵衛は泣きそうな顔になっていったが、秀蔵は黙《もく》したまま立ちあがった。

ている。

三

湯島三組町の大縄地は広い。おおむね一軒の屋敷は百坪ほどあり、それが整然と並んでいる。幅三間《けん》(約五・五メートル)ほどの道がその大縄地を縦横に走っている。

立花縫之助はほうぼうを訪ね歩き、ようやく村井為之助が住んでいた屋敷を見つけた。しかし、次郎から聞いたとおり、その屋敷に村井はすでにいなかった。

「住んでいたのはたしかなのですね」

新しい住人は福西《ふくにし》某という年寄りだった。役目を解かれ小普請組入りをしている御家人である。

「村井為之助殿が住んでいたのはたしかだ。わしはそのあとにやってきただけだ。詳しいことを聞きたいなら、二軒隣の加藤《かとう》殿を訪ねるとよかろう。あの人はこの武家地住まいが長いと聞いている」

縫之助は教えられた加藤家を早速訪ねた。

主はやはり役職のない男で、在宅していた。

「村井のことですか……」

加藤はそういって顔をしかめた。村井為之助にあまりいい心証《しんしょう》がないようだ。

「村井が出ていってもう三年近くなるのではないかな。いや、二年少しか……いや、まあそんなことはどうでもいいでしょうが、いったいどんなことを？」

加藤は式台《しきだい》に立ったままで、縫之助を居間にあげるつもりはないようだ。その居間には骨組みだけの傘が四、五本置かれていた。内職に傘張り仕事をしているのだ。その証拠に加藤は前垂れを腰に巻き、襷《たすき》をかけていた。武士としてあまり人に見せたくない姿であることは、縫之助にもわかる。

「その村井為之助の行き先を知りたいのです。拙者は村井に会うために長崎からやってきたのです」

「長崎から……それはまたずいぶん遠いところから。しかし、村井の行き先はわかりませんな。あの男はちょっと変わり者でして、近所付き合いもあまりありませんでしたし、どこで何をやっているか知っている者がいるかどうか……」

加藤は首をかしげる。

「拙者はどうしても村井に会わなければならぬのです。誰かその後を知っているような人はいませんか」

縫之助は必死の目を加藤に向ける。自分が村井を追っていることが、村井本人にどこで漏れるかわからないから、妹の敵討ちのことは口にしない。

「だったら、組頭に聞かれるのが手っ取り早いのではありませんか」

「どこへ行けば会えます？」

「いまはお城に詰めておられるはずですから、夕刻にならないと会えないでしょう」

「家を教えていただけますか？」

縫之助は村井為之助の上役だった組頭の佐嶋久兵衛《さじまきゅうべえ》の屋敷を詳しく教えてもらった。

夕方まで時間があるので、その後も近所の屋敷を訪ねて村井のことを聞いたが、返ってくる言葉は大体似たり寄ったりだった。

村井は寡黙《かもく》な男で、人付き合いが悪く、妻帯していなかったので家族ぐるみの往き来も当然なかった。おまけに変わり者という烙印《らくいん》を捺《お》されていたらしく、家にこもっていることが多かったらしい。たまに外出をすると、どこで拾ってくるのか買ってくるのかわからないが、およそ役に立たないような壺や書画《しょが》などの骨董《こっとう》を集めていたという。

また、家禄を返上したのはうなずけると誰もが口を揃えていった。めったに話はしないが、たまに口を開けば、

「武士なんぞくだらぬ」

と、いっていたそうだ。商人か百姓か職人にでもなったのだろうという者もいた。

とにかく、村井のその後を知るには、佐嶋久兵衛に会わなければならなかった。

しかし、佐嶋の下城時刻を見計らって屋敷を訪ねると、

「殿様は、今夜は寄合《よりあい》がございまして帰りが遅うございます」

と、佐嶋家の中間《ちゆうげん》にいわれた。

縫之助はしかたないので出直すことにした。

初冬の日暮れは早い。

さきほどまで空に浮かぶすじ雲が赤く染まっていたと思ったら、高砂町のそばまでやってきたときには、もう暗くなっていた。夜商いをする居酒屋や小料理屋の灯火《ともしび》が、なぜか郷愁を誘った。

今朝、郷里の親戚に送金を頼む手紙を書いたが、ちゃんと金を送ってくるかどうかわからない。長崎を発つときに、親戚や知り合いから餞別《せんべつ》をもらっていた。

みんな余裕のある家ではないので、無理をしているのはわかっていた。

それでも些少《さしょう》の金なら送ってくるのではないかと期待をする。荒金菊之助にもいわれたが、敵討ちには試練が伴う。それをいま、縫之助は身をもって感じている。

金がないと肩身が狭いし、あまりよく知らない土地で、どこにいるとも知れない敵を捜すのは難儀《なんぎ》なことである。

源助店の路地に入ってすぐ、お千代と出会った。

「これは……」

縫之助は薄暗がりのなかで、お千代を真正面から見た。

色の白い女だ。それに面立ちがいい。

「あ、昨夜《ゆうべ》はどうも失礼いたしました」

お千代は照れくさそうに腰を折った。

「いや、こちらこそ酒に酔っていい気になりました。今日は引っ越しでしたね」

「みなさん引っ越しといわれますけど……まあ、似たようなものですわね」

お千代はひょいと肩をすくめた。その仕草に縫之助は妙な親しみを覚えた。

「新居は落ち着きましたか……」

「とりあえず入り用なものを揃えただけです。あ、こんなところで立ち話もなんです。もしよろしければ、お茶でもいかがでしょうか」

「よろしいので……」

「ええ、まだ何もありませんが」

そういって振り返ったお千代のうなじを、縫之助は見惚《みと》れたように眺めて、あとにしたがった。

四

お千代の住まいには真新しい有明行灯がひとつ。布団一式が枕屏風《びょうぶ》で囲われていた。箪笥《たんす》などはまだないが、暖《だん》を取る小さな手焙りは揃っていた。お志津が何かと世話をしてくれ、ほとんどのものは古道具屋で揃えられたらしい。

「湯呑みは一揃いありますが、少しずつ体裁を整えていかなければなりません」

お千代はそういって、どうぞと茶を勧めてくれた。

「新しい家だと楽しみですな。いや、これはうまい茶だ」

「上等なお茶ではありませんよ」

お千代は照れくさそうにうつむいた。

「それなら、お千代さんの淹《い》れ方がお上手なんでしょう」

「お世辞《せじ》でも嬉しゅうございます」

縫之助はもう一度茶に口をつけて何を話せばいいかと考えた。お千代も会話の糸口を探しているようだ。

妙な沈黙の間があった——。

それを嫌うように縫之助が口を開いた。

「……昼間と違い、だいぶ冷えてきましたな」

「ええ」

「その、ご亭主を亡くされたと申されたが、病気でも……」

「それは……」

お千代は口ごもり、戸惑ったように視線を泳がせた。

「いろいろと事情がおありでしょうが、いや、不躾《ぶしつけ》なことを訊ねてしまいました。気に障られたらご勘弁願いたい」

「そんなことはありません。でも、立花さんは長崎からいったいどんなご用で……」

「うむ」

　縫之助はまっすぐな目を向けてくるお千代から視線を外した。敵討ちのことをいってしまおうかどうか迷った。しかし、そんなことを話せば、敬遠されるかもしれない。

「無理にお訊ねしているのではありませんので……」

「いや……」

縫之助はさっと顔をあげてお千代を見た。白い肌が、行灯のあわい明かりに染められている。あらためてきれいな人だと、縫之助は思った。同時に、話してもかまわないだろうと口を開いた。

「あまり人には話せぬことなので、お千代さんの胸にしまっておいてもらいたいのですが、わたしは妹をある男に殺されてしまったのです」

「ま……」

お千代は驚いたように目をまるくした。

「つまり、わたしはその妹の敵を討つために江戸にまいったのです」

「それじゃ、その敵が江戸に……」

「捜しているのですが、思うようにはいきませぬ」

「そんなこととは露《つゆ》知らず、失礼なことをお訊ねしました」

お千代は申し訳なかったと頭を下げた。

「いえ、お茶を馳走になっておきながら嘘を申しては気が引けます」

「そういわれてしまいますと、わたしも……」

お千代はもじもじと膝の手を動かした。

「どうされました？」

「あの、わたしは嘘をついておりました」

「嘘……」

縫之助は眉宇をひそめた。

「昨夜、亭主を亡くしたと申しましたが、じつは離縁されたのです」

「離縁を……」

驚きだった。こんないい女を離縁する男の気が知れない。

「恥ずかしいことですが、そうなのです」

「お子はおられなかったのですか？」

「あいにくできませんでしたもので……」

「そうであったのですか。いえ、わたしも亡くした妻がおりましたが、子供には恵まれませんで……。しかし、ものは考えようですな。離縁されたならば、却《かえ》って子供がいないほうがよかったのではありませんか。あ、これはまた不躾なことを……」

縫之助は恥じ入るように後頭部をたたいた。

すると、お千代がくすっと笑いを漏らした。縫之助はなぜ笑われるのかわからなかったが、しばらくすると釣られたように自分も笑いだした。そのことで、それまで二人の間にあった硬さが取れた。

「立花さんって、正直な方なんですね」

「いえ、そんなことは……しかし、嘘は好きではありません」

「お聞きしたことは、わたしの胸にとどめておきます」

「そう願えれば何よりです。わたしもお千代さんの身の上話は聞かなかったことにしておきます。いや、馳走になりました」

「もう、お帰りで……」

ふっとお千代は細い顎を持ちあげた。行灯の明かりに染められたそのきれいな首筋を、縫之助はまばゆく思った。

「越してきたばかりの女の方の家に、わたしのような無粋《ぶすい》な男が長居をして、変な噂が立ったらご迷惑でしょう」

「お気になさらないでください。わたしたちは別にあやしいことをしているわけではありませんから。今度はお酒でも用意しておきます」

「まことに……」

縫之助は身を乗り出してお千代を見つめた。

「今日は仕事も決まりましたので……」

「ほう、それは目出度《めでた》い。どちらではたらかれるのです？」

「堀江町《ほりえちょう》にある〈吉辰《よしたつ》〉という鰻《うなぎ》屋です。夜は五つ（午後八時）には終わりますので、体もそうきつくないはずです」

「それはよかった。何もかもうまくいって幸先《さいさき》がよいですな。いや、これからはきっといいことずくめでしょう」

「それもこれも荒金さんとお志津さんのお世話があってのことです。ほんとにいい方と知り合えました」

「まことに、あのお二人には足を向けて寝られません。では、わたしはこれで……」

縫之助はそのままお千代の家を出たが、何度も後ろを振り返った。次郎の家に向かいながら、いい女だと胸の内でつぶやき、別れたばかりのお千代の顔を瞼《まぶた》の裏に浮かべた。

五

「玉亭は雇ってくれなかったが、吉辰に口があったのはよかった」

菊之助は晩酌をしながら、台所で片づけをしているお志津にいった。

「ほんとになによりでした。お千代さんも店のことを気に入っているようだし、吉辰の旦那さんも一目で決めてくださいましたから……」

「吉辰といえば、江戸でも指折りの鰻屋だ。いや、よかった」

菊之助はうまそうに酒を飲んだ。

「……それより、立花さんはどうなるんでしょう」

お志津が菊之助を振り返った。

「わたしも気になっているのだ。今日も敵捜しに行っていたはずだが、どうなったのやら……。明日の朝にでも聞いてみよう」

「敵を討ちたいと思われるのはわかりますが、あきらめることはできないのかしら……」

お志津は独り言のようにつぶやいて、洗い物仕事に戻った。

菊之助はぐい呑みに酒をつぎ足してから、お志津も同じことを考えているのだと思った。しかし、縫之助の敵討ちを止めることは難しいだろう。それに相手のことも少なからずわかっている。もし、村井為之助が死んでいれば、縫之助もあきらめがつくのだろうが……。

菊之助は小さなため息をついて、明日あたり縫之助に付き合ってやろうかと考えた。

「菊さん、お志津さん、帰ってまいりました」

戸口が引き開けられ次郎が入ってきた。寒風が家のなかに吹き流れてきた。

「遅かったな」

「へえ、それが大変なことがありましてね」

次郎は雑巾で足をざっと拭いただけで、菊之助のそばにやってきた。お志津が夕餉の心配をすると、もうすませてきたという。

「なんだ、大変なことって……」

「横山の旦那が斬られたんです」

菊之助はぐい呑みを口の前で止めた。お志津も振り返った。

「なんだと……」

「怪我はたいしたことないようですが、それでも旦那は肩のあたりの傷が気になるようで……」

「死ぬような傷ではないんだな」

「それは心配ないんですが、無理しているのはよくわかります」

「いったいどうしてそんなことに……」

お志津も気になったのかそばにやってきた。

「斬られたのは昨夜のことです。賊を捕まえるために見張りをしていて、それであやしいやつが来たんで五郎七さんが見に行ったんです。ところがなかなか帰ってこないんで、旦那が様子を見に行ったところを襲われたんです」

「やつが襲われるとは……五郎七は？」

「五郎七さんは無事です。殴り倒されて気を失っていたらしいんですが……」

「あの五郎七が殴り倒されただと。賊は相当の手練《てだ》れというわけか」

「賊は大工と左官の職人くずれのはずだったんですが、いつの間にか用心棒を引き入れてやがったんです」

「すると、その用心棒に……」

次郎はそうですとうなずき、言葉を足した。

「斬られたのは左腕と、右肩の後ろです。腕の傷はたいしたことないようですが、旦那は肩のほうをしじゅう気にしてるんで、あんまりよくないんじゃないかと……」

剣術において両腕はいわずもがな、肩も重要である。肩を痛めると、思うように刀を扱うことができない。秀蔵は悪党相手の仕事をしているのだから、もしものことがあったときに不利になる。

「秀蔵に大事を取る気はないのか？」

次郎は首を振った。秀蔵の気性は、菊之助もよくわかっている。責任感が強いので、多少のことで仕事を休むような男ではない。襲った相手を捜すために躍起《やっき》になっているのだろう。

「おそらく襲ったのは、栗橋五兵衛という浪人です。今日も捜したんですが、うまくいきませんで……」

「捕まえようとしている賊のことも、わかってはいるんだな」

「へえ。賊の仲間のひとりを捕まえているんで、そいつの口から話は聞けています」

ふむと、うなって考える菊之助は、宙の一点に目を据えた。秀蔵は無理を押して動いているに違いない。明日にでも会ってみようと思った。

「次郎ちゃん、秀蔵さんの傷はひどくないのね」

お志津が心配顔で聞く。

「傷は見ちゃいませんが、旦那にたいしたことないと言われれば、おいらも何もいえませんし。襲われたあとで、寛二郎さんが駆けつけたので大事にいたらなかったのがなによりの救いですが……」

そういう次郎は菊之助に、助けを求めるような目を向けた。菊之助も言わんとしていることはわかった。

「明日もおまえは秀蔵といっしょに動くのだな」

「もちろんです」

菊之助はお志津の顔をちらりと見た。その意思を汲み取ったのか、

「菊さん、秀蔵さんに一度会ってみたらどうです」

と、お志津がいう。

「そうしたほうがいいだろうな」

「どうせ、そのつもりなんでしょうし、心配じゃありませんか」

人の心を先読みするお志津に、菊之助は内心で舌を巻く。

そのとき、小さく戸がたたかれて、人の声がした。

「菊さん、ちょいと失礼します」

そういって戸を開けたのは、木戸番小屋の吉蔵だった。

「何かあったのかい。いいから入って閉めなさい。冷たい風が入ってきていけない」

菊之助がそういうと、吉蔵は手紙を預かっているという。

「手紙……」

「へえ、あるお侍がやってきて菊さんに渡してくれというんです。どこかで見たような人でしたが、よく思いだせませんで……」

菊之助は手紙を受け取った。差出人の名前は書いていない。

「それじゃ、渡しましたので……」

吉蔵はそういって帰っていった。

菊之助は早速手紙を開いてみた。数行読んで、先日お千代をいたぶっていた侍からの手紙だとわかった。それも果たし状である。

菊之助はお志津に見られないように読んでいった。文中に差出人の名があった。石倉大三郎という男で、浅茅ヶ原で勝負をしたいといってきている。真剣ではなく木剣での立ち合いだ。

日時は、十月二十日、夕七つ（午後四時）であった。

「どなたからのお手紙で……」

「いや、気にするようなことではない。さ、次郎おまえも一杯やるか……」

菊之助は誤魔化すために、銚子を持った。お志津は手紙が気になるようだったが、深く穿鑿《せんさく》せずに台所に戻った。

菊之助は次郎に酌をしてやりながら、仏具屋の主にいわれたことを思いだした。あの主は、自分のことを捜している侍がいたといった。それが手紙の差出人だったのだ。意趣返しなのだろうが、面倒なことになったと、菊之助は腹の内でつぶやいた。

六

翌朝、朝餉の膳もそこそこに菊之助は次郎といっしょに早く家を出た。次郎と秀蔵との待ち合わせが早かったからである。

落ち合ったのは両国《りょうごく》東の垢離場《こりば》近くの茶店だった。寒さが増しており、大川には川霧が出ていた。風も強く、茶店の幟《のぼり》が真横にたなびいていた。

「菊の字……」

秀蔵は菊之助を見るなり、目を光らせた。

「次郎から聞いたが、怪我をしてるそうじゃないか」

「ふん、かすり傷だ」

秀蔵は強がって茶を飲んだ。湯呑みを持つのは、右手ではなく左手だった。

「おまえが斬られるとはな。それで傷の具合はどうなんだ？」

「そんなことを心配してやってきたのか。相変わらずお節介《せっかい》な野郎だ」

「人を顎で使うくせに何をいいやがる」

幼馴染みの従兄弟同士だから互いに遠慮のないものいいをする。

「だったら、ものはついでだ、頼まれてもらおうか」

ほら来たと、菊之助は秀蔵を見る。

「これから訪ねようとしているのは、大久保伝蔵という御家人だ。なに、聞き込みだけだから問題はねえだろうが、やはりおれが行くのは具合が悪い」

そこまでいわれれば、菊之助にもわかる。町奉行所は基本的には武家への探索はできないことになっている。それが幕臣であれば、なおさらである。

「おれに聞いてこいというわけか……」

菊之助は小女《こおんな》が持ってきた茶に口をつけて、まわりの者を見た。次郎はもちろんだが、五郎七と寛二郎がついている。

「五郎七、体はよいのか？　おまえも襲われたという話だが……」

「へえ、あっしはどうってことありませんで……」

「それは何よりだった。で、秀蔵。それはどこだ？」

「南割下水のそばだ。大久保伝蔵は屋敷で賭場を開いているようだ。もっとも、そのことを咎《とが》めるつもりはない。おれが知りたいのは、栗橋五兵衛という浪人のことだ」

「その男に襲われたのだな」

「大番屋にぶち込んでいる新兵衛という野郎の話からするとそうだが、違うかもしれねえ。とにかくたしかめなきゃならねえ」

「何を聞けばいい？」

「栗橋五兵衛について聞きたいだけだ。どこで何をしていて、何をやってきたやつか……。やつの住まいは昨日あたったが、長屋を引き払ってどこに行ったのかわからねえ」

「大久保伝蔵というのは……」

「役目に就いているのかどうかわからぬ。もし、役目に就いているなら出仕前に会いたい」

いつもより早い動きは、そういう考えがあるからなのだ。

「ここで油を売っていてもしかたがないな。行くか」

菊之助が誘うと、皆も床几《しょうぎ》から腰をあげた。

そのまま回向院《えこういん》の北側の道を抜け、御竹蔵《おたけぐら》の東の道に入る。その先に南割下水がある。

「寛二郎、先の番屋で大久保伝蔵の屋敷を調べておけ」

秀蔵の指図を受けた寛二郎が先に駆けていった。空は薄曇りである。日は雲の向こうにあるので、町屋全体が寒々しく見えるし、実際風が冷たかった。

菊之助はときどき、秀蔵の歩く姿を眺めた。やはり右肩を庇《かば》っている歩き方だ。普段ならすっと背筋を伸ばし、肩で風を切るようにして歩くが、いまはそうではない。

南割下水についたところで、寛二郎が駆け戻ってきた。

「わかりました。津軽出羽守《つがるでわのかみ》様の屋敷の西にあるそうです。割下水から五軒目だといいます」

「役付きか？」

秀蔵が問うた。

「いえ、小普請入りをしているそうで……」

すると役職のない御家人ということになる。

みんなは陸奥《むつ》国弘前《ひろさき》藩津軽家上屋敷の手前で右に折れた。そこから五軒目が大久保伝蔵の家だった。百坪ほどの屋敷だ。周囲の屋敷に比べると小さい。

菊之助が訪ねることにした。武士の恰好ではない縦縞木綿の着流しである。刀も帯びていないので、町屋の者にしか見えないはずだ。

玄関に立って訪《おとな》いの声をかけると、すぐに戸が開き、中間が顔を突きだした。

「荒金菊之助と申しますが、ご主人はおいででしょうか？」

菊之助は町人言葉になっていう。

「どんな用だ？」

「お訊ねしたいことがあるだけです。お目通りさせてもらえませんか」

中間は待っていろといって奥に引っ込んだ。その際、戸が閉められた。単に寒いからそうしたのだろうと、菊之助はいいほうに解釈する。

すぐにその戸は開かれ、中間が「入れ」と顎をしゃくった。

三和土に入ると、式台の上に着物を楽そうに着流した大久保伝蔵が立っていた。鬢に霜を置いた五十すぎと思われる男だった。座敷にあげるつもりはないようだ。

「何を聞きたいと申す」

「はは、こちらに出入りされていた栗橋五兵衛という方がいらっしゃったはずです」

大久保は眉根をよせた。

「あの者に何の用だ？」

「詳しくは申しあげられないのですが、お会いしてお話ししたいことがあるんです。自宅にはおられなかったので、もしやこちらではないかと思いまして」

「なぜこの家を知った？」

「出入りしている者に知り合いがいまして……」

ふっと、大久保は息を吐いた。それで警戒が薄れた。

「栗橋のことはよくわからぬ。何度か来たことはあるが、いまどこで何をしているか、わたしの知るところではない。それにもう、この屋敷には出入りはしておらぬ」

「お心あたりもございませんか？」

菊之助はあくまでも町人をよそおう。実際半分は町人であるが。

「そういわれても、よくは知らぬのだ。ただ、やつが贔屓《ひいき》にしていた船宿があったはずだ。松井橋《まついばし》そばの〈川吉《かわよし》〉という船宿だ。そこに行けば何かわかるかもしれぬ」

それ以上は取りつく島《しま》がなかった。

菊之助は表に出ると、川吉のことを秀蔵に伝えた。

早速、川吉にまわったが、栗橋五兵衛はここ半月ほど顔をだしていないということだった。結局、五兵衛の所在はわからずじまいである。

七

村井為之助の直接の上役は、久崎忠兵衛《きゆうざきちゆうべえ》といった。縫之助はてっきり組頭の佐嶋久兵衛だと思っていたが、実際は小普請組世話役の久崎だった。これは御家人を専門に担当する役職で、屋敷替え、素行取締り、諸願・諸届の取次ぎなどを取り扱っていた。

わかりやすくいえば、小普請組支配が約八人いて、各組に小普請組頭が配され、その下に組頭を補佐する小普請組世話取扱がいる。久崎は組頭を補佐する小普請組世話取扱と並ぶ、世話役であった。

村井が住んでいた同じ大縄地の一画にその屋敷はあった。

「何故《なにゆえ》あの者のことを？」

長崎から来たことを打ち明けると、久崎は縫之助に眉をひそめた。

「是非とも会って話さなければならないことがあるのです」

敵討ちをここで明かすことはできないので、そういうしかない。

「なんの話かわからぬが、長崎から見えたとなればよほど大事なことであろう。しかし、あの者のことは何もわからぬ」

久崎は出仕前なので、中間と小者がそばで世話を焼いていた。扇子や差料《さしりよう》を渡したり、草履《ぞうり》を揃えたりしている。

縫之助は式台の前で久崎と面会しているのだった。朝の光が土間に射し込んでいた。

「何もわからないというのは、どういうことでございましょう。少なくとも新しい住まいや、その後どうしているかぐらいはお耳に入ってきているのではありませんか」

「それがわからぬのだ。知っておれば話す。あの者は務めは忠実にやってはいたが、変わり者であった。自分のことをめったに話さぬ男なので、家禄を返上したあとのことはわからぬのだ」

「親戚があるはずです。その親戚を教えていただけませんか」

縫之助は必死の目をして詰め寄って聞く。

久崎は少し考える顔つきになってから、

「……しからば鳥原栄之助《とりはらえいのすけ》という御仁《ごじん》を訪ねるとよかろう。村井の親戚で、もっとも面倒を見ておられた方だ。鳥原殿だったら、村井も礼を失していないはずだ」

「それなら、鳥原さんの住まいを教えていただけますか」

久崎は妻にいいつけて、一冊の帳簿を持ってこさせた。それから鳥原栄之助の住居を親切に教えて屋敷を出た。

縫之助は表で久崎を見送ってから、鳥原の家に足を向けた。城に向かう久崎とは反対の道に進む。武家地の角を曲がったとき、三人の男が先の屋敷から出てきた。縫之助が昨日訪ねた佐嶋という組頭の家だった。

三人は平身低頭《へいしんていとう》して、その屋敷に頭を下げると縫之助のほうに歩いてきた。

「これほどまでに頼み込んでいるのに、なかなか色よい返事がこないと、なんだか虚仮《こけ》にされている気がするわ」

痩せて背の高い男がそんなことを愚痴《ぐち》った。

「まったくだ」

でこ面《づら》が応じて、首を振る。

縫之助は三人に道を譲るように脇に寄った。そのとき、長身痩軀の男が視線をからめてきた。いやな目つきだった。

「おい、待て」

すれ違ってすぐに声をかけられた。立ち止まると、

「見ない顔だな。貴公も小普請組の者か……」

と探るように見てくる。

「いえ」

「それでは何だ？　こんな早くに、何をしておる」

「何をしようが、それは身共《みども》の勝手。貴公には関わりのないことでござろう」

「なにッ……」

相手は眉間《みけん》にしわを彫った。そのとき縫之助はこの男たちも小普請組だと知った。ひょっとすると村井為之助を知っているかもしれないと思った。

「いや失礼を申したならば、このとおり謝ります」

縫之助は頭を下げてから、言葉を継いだ。

「率爾《そつじ》ながらつかぬことをお訊ねしますが、村井為之助という男をご存じありませんか」

男たちは互いに顔を見合わせて、なんだかあきれたような笑みを浮かべた。

「知っておる」

長身痩軀がそういったので、縫之助は足を進めて近づいた。

「いまどこで何をしているかご存じありませんか？」

「あの男のことはわからぬ。人付き合いの悪いやつで……貴公はやつの……」

「いえ、わけあってどうしても会わなければならないのです。あれこれ捜しているのですが、いっこうにわかりませんで……」

「あんな男に会ってどうする。外面はいいが、裏で何をやっているかわからぬ男だ。そのじつ、人を平気でだまし裏切っているのを俺は知っているし、女にも手が早い。武士の風上にも置けぬとはやつのことだ。気分を害するだけだ。しかし、何か事情があるようだが、いったいどんなわけがあるのだ？」

「それは申せないことですが、ご存じでなければしかたありません」

もう一度礼をして去ろうとしたが、すぐに呼び止められた。

「貴公、どこの何者だ？」

「拙者は肥前島原松平家に仕えていた者です。わけありまして江戸に罷《まか》り越しているだけです」

「肥前から……。ずいぶん遠いところから来たものだな。そういえば、村井も長崎の代官所に勤めていたが……」

「そうです。その村井に会いたいのです」

「ふむ、そうであったか。しかし、わからぬものはわからぬ。ご苦労であるな」

そういった長身痩軀は、つれに顎をしゃくって背を向けた。

縫之助は肩を落として鳥原栄之助の家に向かった。歩きながら、たったいま聞いた村井の人柄を胸の内で反芻《はんすう》していた。村井という男はそういうやつなのだと、つくづく思った。

日が少しずつ高くなってきて、風の冷たさも幾分やわらいできた。縫之助は、かじかみそうになっていた手を丸めて息を吹きかけた。地理に詳しくないので、何度か人に訊ねて鳥原栄之助の屋敷に辿りついた。下谷《したや》練塀《ねりべい》小路の外れにあった。

「あやつのことは、もう口にしたくない」

客座敷にあげてもらったはいいが、鳥原栄之助は村井為之助の名を聞くなり、吐き捨てるようにいった。

「ようやく長崎代官所の職にありついたというのに、江戸に戻ってきたら、代々受け継いできた家禄を返上して、勝手にどこへともなく飛び出していきおって。いったいあの者にどんな用があると申される」

隠居の身である鳥原栄之助は、しわ深い顔にある目を縫之助に向けた。

「是非とも会って話さなければならないことがあるのです」

「そなたは長崎から見えたと申されたが、すると為之助が長崎にいたときに知り合われたのですか」

「さようです」

会ったことはないが、そういうしかない。

「あやつはもともと変わり者だったが、長崎から戻ってきたら、ますます人が変わっていた。まったくけしからぬやつだ」

村井為之助はよくよく人に嫌われる男のようだ。ものの道理のわきまえが足りぬのかもしれない。小普請組の者がいったことは、ほんとうなのだとあらためて思った。

「村井殿の居場所はご存じありませんか？」

「あやつは商人になるといっておった。わしはもう聞く気にもならなかったので、あとのことはまったくわからぬ」

「商人に……」

縫之助はただ目をしばたたくしかなかった。

第四章　方丈《ほうじょう》河岸

一

新兵衛の仲間で元左官の孝蔵の長屋だけは、そのままであったが、他の仲間――佐吉と研助――はすでに長屋を引き払い、どこに居を移したのかわからなかった。

結果、秀蔵たちは、孝蔵の長屋を見張るしかなかった。

その長屋は芝口《しばぐち》一丁目にあった。職人らが住まう裏店である。

秀蔵は表具屋《ひょうぐや》の三太郎《さんたろう》という家に見張りの場を設け、五郎七と寛二郎と甚太郎を詰めさせた。孝蔵の家から二軒はす向かいなので、出入りの人間を見張ることができた。また、長屋の入り口を見張るために、青物屋の二階に菊之助と秀蔵、そして次郎が居座った。

栗橋五兵衛の行方をつかむために、大久保伝蔵を訪ねてから二日がたっていた。

「やつらが狙うのは木挽町界隈だ」

秀蔵がそういうのは、賊の元職人らの出入りしていた普請場が、木挽町に集中しているからだった。先日、秀蔵が不覚を取って襲われたときも、彼らは木挽町四丁目にある相模屋を狙っていた。

しかし、用心棒となったと思われる五兵衛の行方もわからずじまいで、すでに捕縛している新兵衛からも新たな情報を得ることはできなかった。

状況は行き詰まっているようだが、秀蔵は賊の動きを、

「やつらは鳴りをひそめているが、相模屋に押し入るのをしくじっている。いつまでもじっとしているはずがない。いずれ近いうちに動きがあるはずだ」

と、推量していた。

「傷のほうはどうなのだ？」

孝蔵の長屋を見張っていた菊之助は、隣にいる秀蔵に声をかけた。

「……どうってことねえさ」

秀蔵はさらりといったあとで、おれのことは気にするなと付け足した。菊之助

は冷めた茶を口に運んだ。

「……気持ちはわかるが、二、三日休んだらどうだ。おまえの代わりになるかどうかわからないが、おれにまかせてくれないか」

菊之助の言葉に、秀蔵が無表情な顔を向けた。菊之助には秀蔵の傷がふつうでないことがわかっていた。何をするにも、右肩を庇《かば》う動きをするのだ。箸を持つときですら、ちょっとした拍子に顔をしかめることもあった。

「役目を放り出すわけにはいかぬ」

「無理をして傷がひどくなり、その後の役目ができなくなってもいいのか。先のことを考えてみてはどうだ」

「うるせえ。おれの体のことはおれが一番わかってる。黙って見張ってろ」

秀蔵は苛立《いらだ》ったように声を荒らげた。

菊之助は次郎と顔を見合わせて、首を左右に振った。

さっきまで町屋は西日に染められていたが、いまはその日の光も感じられなくなっていた。空はくすんだ紫紺《しこん》色に変わっている。

通りに帰宅を急ぐ職人や棒手振《ぼてふり》の姿が目立つようになった。しばらくすると、夜商いをする店の提灯や軒行灯に火が点された。

夜の帳《とばり》はしずしずと下り、町屋に闇をもたらそうとしている。

「次郎、なにか食い物を見繕《みつくろ》ってこい」

しばらく口を閉ざしていた秀蔵が、不意にそんなことをいった。

「なんでもいいですか？」

「腹にたまるものだったらなんでもいい」

次郎は買い物をするために階段を下りていった。その足音が聞こえなくなってから、

「すまねえな。こんなことに付き合わせちまって……」

と、秀蔵がぽつりといった。その横顔を菊之助は黙って眺めた。

「おめえにも仕事があるっていうのに……」

いつになく秀蔵は殊勝《しゅしょう》なことを口にする。

「……気にするな」

菊之助はそう応じてから、愛刀「藤源次助眞《ふじげんじすけざね》」を手許に引き寄せた。昨日から刀を持ち歩くようにしていた。賊の仲間だと思われる栗橋五兵衛を用心してのことだ。

ほどなくして次郎が戻ってきた。買ってきたのは、にぎり飯と煮物などの惣菜《そうざい》

だった。秀蔵たちに見張り場を貸している青物屋の女房が、茶を淹れ替えにやってきた。

菊之助はにぎり飯を食いながら、縫之助のことをときどき思い出した。敵の村井為之助は見つかっただろうかと。また、自分に果たし状をよこしてきた石倉大三郎という男のことも気になっていた。

石倉は木剣での勝負を望んでいるが、木剣も真剣と同じで、へたをすれば死に至る。そうでなくても骨を折ったり、半身不随の重傷を負わせることもある。まったくしようもないことだとあきれるしかないが、勝負を受けなければ、どうなるかわからない。受けるか、それとも知らぬ顔でとおすか迷っていた。

表の闇が濃くなると、急に冷えてきた。この家には手焙りもなかったので、菊之助も秀蔵も、そして次郎も手をこすりあわせたり、襟をかき合わせたりしている。見張りをするために窓を少し開けているので、そこから容赦なく冷たい風が入り込んでくるのだ。

「旦那、いつまで粘るんです?」

痺《しび》れを切らしたように次郎が秀蔵に聞いた。

「泊まりでやる」

次郎は声をなくしたように口をつぐんだ。

「やつらをもう一歩のところで取り逃がしているんだ。意地でも捕まえてみせる」

「それじゃ、泊まり込むかもしれないと、ここの旦那に伝えてきましょうか」

「そうしてくれ。いやな顔をされるのは承知だ。……心付けを渡しておけ」

秀蔵は懐から抜いた財布を次郎に渡した。

菊之助は手許にある人相書《にんそうがき》を眺めた。似面絵《にづらえ》は描かれていない。ただ、年齢や顔の造作《ぞうさく》などの特徴が書き込んであるだけだ。孝蔵と佐吉と研助の人相書は、いずれも捕縛されている新兵衛の証言をもとに作られていた。

栗橋五兵衛の人相書は、大久保伝蔵と船宿・川吉の奉公人の話をもとに作ったものだった。菊之助はもう何度もその人相書を読み返していた。

「御番所の役に立つなら、この店に災難がおよばないかぎりかまわないといっています」

次郎が戻ってきていった。どうやら心付けが利いたようだ。

三人は無駄口もたたかず見張りをつづけた。

「………」

刻《とき》はゆっくり過ぎてゆく――。

それは宵五つ（午後八時）の鐘が空をわたっていってしばらくしてのことだった。

孝蔵の長屋から慌てたように飛び出してきた男がいた。つづいて、長屋で見張りをしていた五郎七と寛二郎、甚太郎が飛び出してきた。

「やつだ」

秀蔵がさっと腰をあげて、階段を慌ただしく下りていった。菊之助と次郎がそのあとを追う。

二

まんまと見張りの網にかかった孝蔵は、脱兎《だっと》のごとく芝口河岸の通りを久保《くぼ》町原《ちょうがはら》のほうへ駆けていた。幸《さいわい》橋の南にある広場が久保町原だ。孝蔵はその広場を突っ切り、まっすぐ逃げる。右はお堀で、その先の左には公儀《こうぎ》の大的場《おおまとば》がある。

星も月も雲に遮られている暗い夜なので、足音を立てて逃げる孝蔵は黒い影にしか見えない。その後ろを五郎七と寛二郎、甚太郎が追いかけている。

菊之助と秀蔵と次郎は、その三人の後ろについている恰好だ。

大的場の横で、孝蔵に誰かが飛びかかり、もつれるように地面に倒れた。そのまま揉み合っていたが、ぱっと影がふたつに分かれた。

菊之助たちが追いついたとき、孝蔵は匕首《あいくち》を抜いて身構えていた。五郎七と寛二郎が十手で応戦の態勢を取っている。

「孝蔵だな。……そんなもん捨てねえか」

秀蔵が息継ぎをしながら近づいた。

みんな、はあはあと荒い息をして肩を上下させていた。

「来るんじゃねえ！」

孝蔵が喚《わめ》いた。

「こっちは六人だ。どうあがいたところで勝ち目はねえ。さあ、匕首を捨てるんだ」

秀蔵は前に出た。

刹那《せつな》、孝蔵が匕首を振りまわして秀蔵に斬りかかった。さっと体を開いてかわしたが、孝蔵は俊敏に振り返って、即座に斬りつけにいった。

秀蔵はたまらず刀を抜いた。いや、抜こうとした手を途中で止め、顔をしかめた。右肩がうずいたのか、腕が動かなくなったのだ。それでも孝蔵の攻撃をかろうじてかわした。

これはいかんと思った菊之助が前に出て、孝蔵と秀蔵の間に立ち塞がった。

「孝蔵、匕首を捨てろ。それがおまえの身のためだ」

菊之助は諭したが、通じなかった。

斬りつけると見せかけて、体ごとぶつかるように匕首で刺しにきた。斜《しゃ》に構えていた菊之助は後ろに足を引いて、左手で孝蔵の後ろ襟をつかむと、そのまま足を払って大地にねじ伏せた。

「うッ……」

背中をしたたかに打ちつけた孝蔵は、小さくうめいた。そのとき、菊之助は肘《ひじ》を使って喉を押さえ込んでいた。すかさず、孝蔵の匕首を奪い取って放り投げる。

「だから言っただろう」

孝蔵は悔しそうに唇を噛んでいた。

「立たせろ」

秀蔵がそういったので、菊之助は孝蔵を引き立てた。

びしッ――。

鋭い音が闇のなかにひびいた。秀蔵が孝蔵の頰を張ったのだ。だが、それは左手を使ってのことだった。

「手間かけさせやがって……。おまえの仲間はどこだ？　どこに隠れている？」

「知らねえ」

孝蔵は生意気そうな顔を横に向ける。

「この期《ご》に及んで白《しら》を切るつもりか。それならそれで覚悟するんだ」

「知らねえものは知らねえよ。あいつらとは縁を切ったんだ」

「なんだと……」

秀蔵は眉を動かした。

「分け前で揉めてよ。それでおれはどうでもよくなった。ケチなやつらとつるんでいてもしょうがねえからよ」

新兵衛は仲間割れしていると証言していた。それは嘘ではなかったようだ。

「おめえたちは用心棒を雇っているな」

「おれが声をかけたんじゃねえ。研助の野郎が勝手に連れてきたんだ」

「そいつの名は、栗橋五兵衛だな」

「そうさ」

孝蔵は開きなおっているのか、ふてぶてしいものいいで答えた。

秀蔵は孝蔵の襟を強く引いて、寛二郎の前に差し出した。

「縄を打て」

と、短く指図する。

寛二郎は慣れた手つきで、あっという間に孝蔵を後ろ手に縛りつけた。

「てめえとはゆっくり話をしなきゃならねえが、他の仲間はどこだ？」

「だから知らねえといってるだろ」

「いつまでいっしょにいた？」

「六日ばかり前までだ」

「そのあとはいっしょじゃなかった。そういうことか？」

「ああ」

秀蔵は小さく舌打ちした。

「ほんとうだろうな」

「嘘はいわねえよ」

「六日前までおまえは仲間といっしょだった。そのときはどこにいた？」

孝蔵は宇田川町《うだがわちょう》にある鍛冶屋《かじ》を口にした。

それを聞いた秀蔵は、五郎七と寛二郎に、その鍛冶屋を探ってくるようにいいつけた。

「その鍛冶屋でおまえは喧嘩別れでもしたのか。ま、いい。これからじっくり話を聞かせてもらう」

秀蔵はそのまま孝蔵を二葉町《ふたばちょう》の自身番《じしんばん》に押し込んだ。久保町原のすぐそばだ。

「菊之助、あとはいい。今日はすまなかった。帰っていいぞ」

「だが、もし鍛冶屋に賊がいたらどうする？」

言葉を返された秀蔵はしばらく考えてから、

「それじゃ、もう少し付き合ってくれ」

といった。

三

その日、縫之助は悶々《もんもん》としていた。

江戸に来れば村井為之助にすぐ会えると思っていた。相手は公儀役人である。

それならすぐに所在はつかめるはずだと思い込んでいた。ところが、その相手は家禄を返上して、組屋敷を出ていた。行き先も何をやっているのかもわからない。

親しくしていたという親戚も、

「はて、どこで何をやっているのやら……」

と、心許《こころもと》ない顔をするだけだった。

結局、捜す手掛かりをなくしたまま二日を棒に振っていた。

どうやって捜せばいいのだ……。

縫之助は、同じことを繰り返し胸の内でつぶやいていた。ほんとうにみじめな敵討ちになるかもしれないと、暗澹《あんたん》たる気持ちになる。

懐には些少の金しかない。それも、菊之助にもらった金である。どんなに節約したとしても、あと数日でなくなる。もし、親戚から金が届かなかったら飢え死にするしかない。

その前に、何とかして……。

畳の目を見つめていた縫之助は顔をあげて、衣紋掛《えもんかけ》にかけてある半纏を眺めた。

次郎が行商で使うときの半纏だった。

箒売りの行商をやるしかないのか……。

村井為之助を捜す手掛かりをなくした縫之助は窮していた。力なくため息をつき、肩を落とす。何か捜す手立てはあるはずだ。まずはそのことを考えるべきだろう。

そうだ。簡単にあきらめてはならぬ。こんなことで弱気になっていたら敵など討てない。縫之助は自分を叱咤《しった》し、

「そうだ。決して弱気になってはならぬ」

と、声に出してつぶやいた。

そのとき、路地に足音がして、どこかの家の戸が開いて閉まる音がした。

もしや、お千代さんでは……。鰻屋にはたらきに出たお千代の帰宅するころである。それにいまの足音は女だった。

縫之助はお千代の顔を脳裏に浮かべて、腰をあげた。そのまま雪駄《せった》を突っかけ、居候《いそうろう》している次郎の家を出た。

やはりそうだった。さきほどまで暗かったお千代の家に、明かりがあった。

縫之助はしばし躊躇《ためら》ったが、勇気を出して声をかけてみた。すぐに返事があり、戸障子が開き、お千代が顔をのぞかせた。

「あら、立花さん」

「夜分に申しわけありません。明かりが見えたので、つい声をかけてしまいました」

「それはよいところでした。どうぞ寒いのでお入りください。今日、お店でお酒を頂戴したのです」

「ほう、酒を……」

縫之助はお千代に誘われるまま三和土に入って、戸障子を閉めた。

家のなかは寒かったが、手焙りに熾《おこ》したばかりの火と、行灯の明かりが肌身にしみる寒さを幾分やわらげていた。

「お疲れのところを図々《ずうずう》しく申しわけありません」

まったく言葉どおりだと、縫之助は自分の厚かましさにあきれる。しかし、お千代は迷惑顔ひとつせず、

「せっかくですからお酒をいかがです。寒さも少しは誤魔化せるのではないでしょうか」

と、酒を勧める。

「それなら少しだけいただきましょうか。あ、燗《かん》などいりませんので、そのままで……」

「それじゃ、おあがりください」

縫之助とお千代は手焙りを挟んで向かい合って座った。

「こんなものしかありませんが、どうぞ……」

縫之助はお千代が差し出す湯呑みを受け取って、酒をついでもらった。空きっ腹だった。そこに酒が入ったものだから、かあっと胃の腑《ふ》が熱くなった。

「……うまい酒ですな。お千代さんは？」

「はい、わたしも少し」

そういってお千代は、手酌をして酒に口をつけた。おいしゅうございますねと、微笑む。人の心を和ませる笑みだった。

「仕事のほうはもう慣れましたか？」

「入ったばかりで覚えることはいろいろありますが、なんとかやっていけそうです。旦那さんもおかみさんもやさしい人なので、いい店に入れたと思っております。あ、何か肴《さかな》を……」

「ああ、すぐにお暇《いとま》いたしますので、どうぞおかまいなく」

「造作《ぞうさ》ありませんから……」

お千代はそういって、てきぱきと動き、貝の佃煮《つくだに》と衣《きぬ》かつぎを出し、

「こんなものしかありませんけど」

と、恥ずかしそうにいう。

「いえ充分です」

夕餉を食べていない縫之助の口に、衣かつぎはありがたかった。冷めてはいたが、酒の肴には申し分ない。

「うまいです。お千代さんはなかなかの料理人だ。さぞやご亭主……オホン」

別れた亭主のことを口にしてはまずいと思い、咳払いで誤魔化した。

「料理の腕はたいしたことありません。通りいっぺんのことしかできませんので……」

「通りいっぺんのこともできない女房もいます」

「立花さんの奥様はお上手……。あ、すみません。亡くなられたのでしたね」

お千代は失言だったというように頭を下げた。

「気にしないでください。それより、あなたのような方をご亭主はどうして……」

これも失言だったかと思った縫之助は、酒を飲むことで言葉を切った。案《あん》の定《じょう》お千代は顔を曇らせた。

「申しわけない。どうしても気になりましてな。もう、そのことは聞かないことにします」

「はい、わたしも別れた亭主のことは思い出したくもありません」

思いを振り切るように、お千代は酒をあおった。いける口のようだ。

「立花さん、遠慮なさらずに……」

お千代はそういってまた酒をつぎ足してくれる。

「これはすみませぬ」

「あの、捜してらっしゃる方はどうなりましたのでしょうか？」

「それが、なかなか見つかりませんで、困っているのです。こんなはずではなかったのですが……」

「見当がつかないのですか？」

「行方がわからなくなっているのです。知り合いを訪ねたのですが、誰もがどこで何をしているかわからないと申します」

「それじゃ、いったいどうやって……」

「ここであきらめるわけにはまいりません。まだ江戸に来てたいして日もたっていないのです。きっと見つかるはずです」

「……大変ですね」

「まあ、そうですな」

縫之助は酒を飲んだ。

「あまり無理はなさらないほうがいいと思います。敵討ちは大変だと、よく耳にしますので……」

「だからといってやめるわけにもまいりません。とにかく捜すしかありません」

「もし、見つからなかったらどうされるのです?」

「そのときは国に帰るしかありません」

「お国は、長崎でしたね」

「はい」

「わたしも……」

お千代は言葉を切って、どこか遠くを見た。行灯の明かりが横顔にあたり、手焙りの炎が色白の細面《ほそおもて》を染めていた。きれいな人だと、縫之助は思った。

「わたしも、なんでしょう?」

「……いえ、一度長崎というところに行ってみたいと思ったことがあるんです」

「それなら是非見えられるとよい。景色のよいところです。澄んだ青い海、などらかな山に坂道。海にそそぎ込む透きとおった清らかなせせらぎ。田舎ではありますが、なかなか風光明媚《ふうこうめいび》なところです」

「きっとよいところなのでしょうね。さあ……」

お千代がまた酒をつぎ足そうとするので、

「今度はわたしが……」

と、縫之助が手を出したとき、二人の手が触れ合った。すぐに離れたが、肌と肌が触れただけだというのに、お千代は頬を赤らめていた。酒のせいかもしれないが、なぜかそう見えた。そして、縫之助の胸の鼓動は妙に高鳴っていた。

「わたしに……」

縫之助はあらためていって、酌を返した。

「申しわけありません」

そういいながらお千代が見てきた。二人の視線が合わさり、どちらからともなくうつむいて酒を口にした。

四

その夜、菊之助と次郎が家に帰ったのは、四つ半（午後十一時）近かった。江戸の町はすでに寝静まっており、吹きわたる寒風が空で鳴っていた。

先に休んでいたお志津が起きてきたが、

「わたしたちもすぐに休む。気にしなくていいから早く寝なさい」

菊之助はそういってお志津を寝間に引き取らせた。

それから酒を出して、次郎と二人で疲れた体に冷や酒を流し込んだ。

「立花さんは、どうなったかな……」

次郎がぽつんといった。次郎の家には縫之助が泊まっている。

「そうだな」

菊之助も気になっていたので、明日の朝でも聞いてみようと思った。それから秀蔵が躍起になって追っている賊のことに考えを戻した。

五郎七と寛二郎が宇田川町の鍛冶屋を探ってきたが、すでに賊はいなかった。

その後、大番屋で秀蔵は孝蔵に対し厳しい取り調べを行ったが、新たにわかったことはなかった。

ただ、わかっているのは、孝蔵と仲間割れした佐吉と研助が栗橋五兵衛とつるんでいるということだけである。それも、いまは五兵衛の指図で二人は動いているという。

「次郎、秀蔵のことをどう思う……」

「どうって……」

「やつの肩だ。湯呑みを持つのも左手で、刀も抜けないでいる。それに右肩を常に庇っている。あのままでは役目は務まらぬ」

「へえ、たしかに。おいらもずっと気になっていたんです」

「やつは我慢しているのだ。怪我がどの程度なのかわからないが、おれたちが思っている以上に悪いのかもしれぬ」

「そうかもしれませんね」

菊之助はぐい呑みのなかに映る自分の顔を見た。

「……休めといっても休まないだろうな。やつのことだから」

「どうしたらいいんです？」

次郎が真顔を向けてくる。

菊之助はうなるしかない。秀蔵は天《あま》の邪鬼《じゃく》なところがあるし、責任感の強い男だ。賊を追いつめつつあるいま、途中で役目を放り投げることは決してしないはずだ。

今後のことに頭をめぐらしていた菊之助は、ゆっくり顔をあげた。

「明日、秀蔵と話すが、場合によっては立花さんに助《すけ》を頼むか……」

「立花さんに……だって、あの人は敵を捜しているんじゃ……」

「とにかくあの人に話してみよう。それに敵捜しがどうなっているかも知りたい」

菊之助は酒を一気にあおった。

早朝の長屋は薄い霧に包まれていた。

朝日が雲の向こうにあるので、それだけ夜明けが遅くなっていた。

床を抜けた菊之助は井戸端で顔を洗うと、そのまま次郎の家を眺めた。いまは縫之助が仮の宿として使っている。

「立花さん、起きてますか」

菊之助は戸口に立って声をかけてみた。

「ああ、起きておりますよ。荒金さんですか」

声が返ってきてすぐに戸が開かれた。縫之助はぶるっと体をふるわせ、

「お早いですね」

という。

「ちょいといいですか」

菊之助はそのまま土間に入った。縫之助はすでに起きていたらしい。手焙りのなかの炭が赤々と燃えていた。

「敵のことはどうなりました？」

菊之助は居間の縁に座って訊ねた。

縫之助は首の後ろを、掌《てのひら》でたたいて、

「どうにもいけません」

といってから、これまでのことを話した。

「それじゃ村井為之助は、どこで何をやっているかわからないということですか」

「行き詰まってしまいました」

縫之助は心底困り果てた顔をする。

「今日も捜すのですね」

「そのつもりですが、その前に捜す手立てをどうにかしなければなりませぬ」

菊之助はしばらく間を置いてから口を開いた。

「ひとつ頼まれてくれませんか」

「何をです……」

「捜す手立てはおいそれとは見つからないはずです。むろん、あきらめろというのではありませんが、しばらく横山の助をしてもらえませんか」

「横山とおっしゃると、あの町方の……」

「さようです。やつは賊に襲われて怪我をしています。傷の程度はわかりませんが、思うように右腕を使えなくなっています。それではいざというときに存分なはたらきができません。わたしもやつの助働きをしていますが、立花さんの手を借りることができれば助かるはずです。それに立花さんは横山から目こぼしを受けてもおられる。恩返しというわけではありませんが、いかがなものでしょう」

「いや、それは是非ともやらせてください」

縫之助は一膝《ひとひざ》進み出ていった。

「事が片づいたら、わたしも敵捜しを手伝いますので、お願いできますか」

「もちろんでござる。拙者で役に立つのであれば、なんでもやります。それに横山さんには恩義もありますから、是非に」

五

一刻《いっとき》（二時間）後——。

弱い雨が降りはじめていた。遠くはないのに、数寄屋《すきや》橋御門の向こうにある南町奉行所と大名屋敷が、靄《もや》に包まれたように見える。

西紺屋町《にしこんやちょう》の茶店の床几に腰をおろした秀蔵は、そんな景色を眺めながら考えていた。

「手は少ないより多いほうがいい。それに、こすっからい賊にいつまでも振りまわされているわけにもいかないだろう」

菊之助は茶を飲んで黙り込んでいる秀蔵の横顔を盗み見る。そばには手先の五郎七と次郎、そして縫之助がいた。

「おまえには他にもやることがあるはずだ。この件はとっとと片づけるべきだろう」

菊之助は言葉を重ねた。

「……さっきから黙って聞いてりゃ、何をいいやがる。手を貸してくれるなら、願ってもねえことだ」

ようやく口を開いた秀蔵が菊之助を見て、縫之助に顔を向けた。

「そう手間はかからないはずだ。そういうことなら早速動いてもらおうか」

菊之助は内心で、ぺろりと舌を出す思いだった。

「寛二郎と甚太郎が、昨日探りを入れた宇田川町の鍛冶屋周辺で聞き込みをしている。おれたちも、これからそっちに行って聞き込みだ」

秀蔵はそういって立ちあがった。雨は弱いので、そのまま傘もささずに茶店を出た。空は鼠色をした雨雲に覆われているので、夕暮れのように暗い。

菊之助は縫之助に、賊の佐吉と研助と栗橋五兵衛の人相書を見せていた。縫之助はじっくりとその人相書に目を凝らしていたので、もう頭に入っているはずだ。

その後、菊之助と次郎と縫之助が、芝口橋から宇田川橋までの町屋に聞き込みをかけることにし、秀蔵と他の者はその先の町屋を虱潰《しらみつぶ》しにあたることにした。

そこは東海道筋の両側町で、往来は雨にもかかわらず人の数が多い。しかし、聞き込みは表店《おもてだな》ではなく、脇路地にある商店や裏長屋を中心に行ってゆく。

菊之助たちは芝口一丁目から順番に二丁目、三丁目と進み、源助町《げんすけちょう》、露月町《ろうげつちょう》と町屋を縫うように聞き込んでいった。

雨は強くなったり弱くなったりを繰り返しているが、霧雨のようなもので、ひどい降りではない。

もし、何かわかったら、宇田川橋そばにある茶店で落ち合うことになっていた。

菊之助が感心したのは、縫之助の要領のよさだった。そのことを褒めると、

「なに、わたしは横目《よこめ》についていたことがあるんです」

という。

横目とは横目付といって目付のことである。各大名家には横目付あるいは目付という役職があり、家臣の素行調査などをやっている。あまり人に好かれる役目ではないが、藩士の監察をするには必要不可欠な役職だった。

ときは刻々と過ぎた。降っていた雨は次第にやんでいったが、昼を過ぎても手がかりはいっこうにつかめなかった。

「その賊は、これまでいったいいくらの盗みをはたらいてきたんです」

柴井町《しばいちょう》の長屋を歩きながら縫之助が聞く。土地の者たちはそのあたりの町屋を日蔭町《ひかげちょう》と呼ぶことが多い。

「そう多くはないようです」

菊之助ははっきり聞いていないので曖昧《あいまい》に答えるしかないが、

「百五十両程度です」

と次郎が教えて、言葉を付け足した。

「四人でその金をわけるので揉めて、孝蔵は他の仲間と縁を切ったようです」

「昨夜押さえた孝蔵と先に捕えられている新兵衛という男の話から、どこを狙うか見当はつかないのですか？」

「二人はわからないといっています。仲間を庇って白を切っているようでもありません」

「……押し込み先がわかっていれば、そっちを見張ることができるのにな」

縫之助は独り言のようにつぶやいた。

遅い昼餉《ひるげ》を宇田川町の一膳飯屋ですませ、表に出たとき、寛二郎が駆けてきた。

「荒金さん、ちょいとあやしい家があります。来てもらえますか」

「賊の隠れ家か……」

「はっきりしませんが、見慣れない男たちが出入りしているそうなんです」

菊之助たちは寛二郎の案内で、その家に向かった。

そこは芝中門前《しばなかもんぜん》二丁目にある一軒の商家だった。商家といっても「貸家」の貼り紙があり、暖簾も看板も掛かっていなかった。要するに空き店である。

「二月前まで提灯屋《ちょうちん》だったらしいが、それ以降借り手のついていない店だ」

菊之助たちが合流すると、秀蔵が一方の家を示していった。右隣が蠟燭屋《ろうそく》で左隣が履物屋《はきもの》だった。増上寺《ぞうじょうじ》の門前町なので、僧侶の姿を多く見かける。

「いま、誰かいるのか？」

菊之助は空き店に目を向けたまま秀蔵に訊ねた。

「人の気配はない」

「賊の人相とはどうなのだ？」

「それが曖昧《あいまい》だ。似ているような気がすると近所の者はいうが……」

人相書はあくまでも特徴を書いているに過ぎない。似面絵を添えてあればかなり強力な証言を得ることができるが、今回はそこまで手をまわしてなかった。

「どうする？」

「聞き込みをつづけながら見張ることにする」

秀蔵はそういって、甚太郎と寛二郎に芝口橋の先を、五郎七と次郎に東海道東側の町屋の聞き込みをいいつけた。

菊之助と縫之助は、秀蔵といっしょに疑わしき空き店を見張ることにした。

表を秀蔵と縫之助が、そして裏口を菊之助が担当することにした。

菊之助は裏通りに行くと、店の勝手口をひとまず調べてから、近くの青物屋の店先を借りて見張りを開始した。

六

下谷御切手町《したやおきってまち》の外れにその道場はあった。坂本村《さかもと》の畑地に面している古びた家屋だ。普段は静かなところだが、窓格子から威勢のいい声が漏れ聞こえていた。

石倉大三郎と田山広太郎はもともとその道場の門弟だったが、二人に誘われた山口門之助も稽古に励んでいた。

籠手《こて》に竹具足《たけぐそく》、面という防具をつけての立ち合い稽古がさっきから行われている。

石倉は遅れて入門した山口と対戦していた。

面のなかにある顔は汗に濡れている。背中も脇の下も汗のしみで黒くなっていた。

「さあーッ！」

中段に構えたまま石倉は気合を発し、山口を誘う。

隙を窺う両者は自分の間合いをとって目を光らせている。石倉が摺《す》り足で横にまわりこもうとすると、山口が床板を蹴って横面を撃ちにきた。

その一撃を竹刀《しない》で受けた石倉は、すかさず胴を抜こうとしたが、山口はなかなか敏捷《びんしょう》である。とっさに後ろに下がり、空を切って体勢を崩した石倉の後頭部に斬撃《ざんげき》を送り込んだ。

だが、石倉も素早く反応した。片膝をついて半身をひねると、竹刀で山口の攻撃を遮り、そのまま立ちあがって鍔迫《つばぜ》り合《あ》いの恰好になった。

石倉は六尺（約一八二センチ）近くあるので、山口を見下ろす恰好になる。しかし、山口の膂力《りょりょく》は見た目以上で、下から押し上げて長身痩軀の石倉を突き飛ばそうとする。

石倉はそうはさせじと、後ろに引いた足に力を入れて持ち堪《こた》える。

「とおッ」

山口が気合の声を発して、飛び下がりながら面を撃ちにきたが、石倉は頭を横にそらしてかわした。だが、竹刀の先が肩をたたいていた。

「石倉、真剣であったなら、おまえは斬られていたぞ」

息を喘《あえ》がせながら山口がつぶやく。

「なに、いまのは一本ではない」

そうはいうが、肩にわずかな衝撃が残っている。真剣なら斬られていたと自分でもわかっている。しかし、竹刀を使っての剣術稽古では、一本取られたことにはならない。

石倉は間合いをとって息を整える。まわりでも激しい声と床板を蹴る音や、竹刀のぶつかり合う音がしている。

稽古前の道場はしんと冷えきっていたが、いまや門弟たちの熱気で蒸している。

石倉は間合いを詰めながら竹刀の柄を強く握って、ゆっくり力をほどいてゆく。汗が顎からしたたり落ちていた。対戦者の山口もじりじりと間合いを詰めてきた。

ここできれいに一本決めたいと石倉は思っていた。

山口が後ろに引いていた足の踵《かかと》をあげて、元に戻した。

来るなと、石倉は目を光らせる。

そう思った瞬間だった。山口の体が勢いをつけて胴を抜きに来た。石倉は逃げずに床板を蹴って一尺ほど飛ぶと、そのまま面を狙って竹刀を撃ち下ろした。

石倉の竹刀が山口の横面をたたいていた。

「胴ーッ！」

山口の声と同時に、ビシッと竹具足をたたく音がした。それとほぼ同時に、石倉の竹刀が山口の横面をたたいていた。

二人はすれ違うなり、さっと振り返った。はあはあと荒い息をして構えなおしたが、

「やめ！　今日はここまでッ！」

と師範代の声が道場内にひびいた。

石倉と山口は、竹刀を腰に納めた。それから壁際に戻り、面を脱ぎ、籠手と竹具足を外した。

稽古をはじめたとき、外は曇り空だったが、いまは窓格子から射し込む薄日が、道場の板の間に走っていた。

稽古で汗を流した石倉たちは、道場をあとにして下谷山崎町《やまざきちよう》の茶店で休んだ。

「稽古不足だと思っていたが、山口はなかなかやるもんだ。数日の稽古で、あれほどまで昔の勘を取り戻すとは思いもしなかった」

石倉が感心したようにいうと、

「いや、そうでもない。だが、おれは素面《すめん》籠手なしの稽古をやっていたので、防

具を使っての稽古はどうもしっくりこない」

と山口はいって茶をする。

「うむ、たしかに防具を使うのと使わないのとでは大違いだ」

田山もそんなことをいって付け加えた。

「荒金との果たし合いは防具なしだ。防具を使っての稽古では真剣味が足りないのではないかと思う」

「それはそうだな……」

石倉も同じことを思っていた。防具をつけての稽古は、撃ち込まれてもめったに怪我をすることはない。それも木剣ではなく、竹刀である。

しかし、防具なしの木剣だとそうはいかない。また、きれいに一本決める必要もない。腕でも指先でも撃ちたたけば、思いの外《ほか》、衝撃を与える。

胴を抜かれれば、肋《あばら》の一本ぐらいは折れるだろうし、面を撃たれれば、昏倒《こんとう》するだろう。運が悪ければ、頭蓋骨が割れて死に至る場合もある。

「おまえたちのいうとおりだ。よし、明日から素面籠手なしの稽古をするか……」

「あの道場では、許してくれぬぞ」

田山が意見した。

「道場でなくてもいい。稽古は神社の境内でもできる。おれもそうだが、二人とも昔の勘は戻ってきてるようだ。体の動きも悪くない。この前は相手のことを見くびって油断していたからやられてしまったが、いまは違うはずだ。そうは思わぬか」

「おれもそう思う。それに、おれたちの腕はこの前よりはるかに上がっているはずだ」

田山は目に力を入れていう。もう負ける気はしないと、付け足しもした。

「もう、約束の日まで幾日もない。明日からは木剣での稽古をやろう」

目を輝かせていう石倉に、田山と山口も応じた。

七

夕暮れ前に、雲の割れ間からかすかに日が射しただけで、あっさり宵闇が迫ってきた。数羽の鴉《からす》が鳴きながら空をわたっていくと、町のあちこちで提灯や軒行灯に火が点《とも》されていった。

長屋の路地から炊煙《すいえん》が流れてきたとき、縫之助が表からやってきて、あたりをきょろきょろ見まわした。

「こっちです」

菊之助が声をかけると、見張り場に使っている青物屋に、縫之助が慌てたようにやってきて、声をひそめた。

「表から店に入った男がいます。顔はよく見えなかったので、例の賊かどうかわかりませんが……」

「ひとりですか？」

菊之助は緊張の面持ちで訊ねた。

「見たのはひとりです」

表には秀蔵しかいない。菊之助は裏の勝手口に目をやってから、

「それじゃ、表に行きましょう」

と、縫之助といっしょに表に戻った。

秀蔵は仏具屋の土間先で見張りをしていた。菊之助と縫之助が近づくと、閉まっていた戸がするりと開き、秀蔵が早く入れと、急き立てるようにいった。

「賊かどうかわからないらしいが……」

菊之助は秀蔵を見た。

「二本差しじゃないから、研助か佐吉のどっちかかもしれねえ」

「押さえるか」

「待て。仲間が来るかもしれねえ。どうせなら三人いっしょに捕えたほうがいい」

秀蔵は鷹のような目を、通りの反対側にある空き店に向けたまま答えた。

「裏には誰もいないぞ。五郎七たちを呼んでくるか」

「……そのうち戻ってくるだろう」

「その前にやつらが来たらどうする。おれたちは三人だ」

菊之助はそういいながら、いざとなったとき秀蔵が思うように動けないことを頭のなかで計算した。現に今日もほとんど右腕を使っていない。茶を飲むのも、扇子をつかむのも左手だった。右肩に無理な力が入らないように、右手を懐にしまっていることが多い。

「仲間が来ないうちに、五郎七たちを呼んでこよう」

菊之助はまた同じことを口にした。

「あいつらがどこにいるのかわかっているのか？」

秀蔵が振り返っていう。たしかにそうである。どの町のどこで聞き込んでいるか、それはわからない。呼びに行っている隙に賊が現れたら、後手《ごて》に回ることになる。

「……様子を見るしかないか」

菊之助は折れるしかなかった。

それからしばらくたってからだった。例の空き店から男が出てきた。提灯をさげている。その明かりを受けた顔は、佐吉だった。秀蔵も縫之助も気づいた。

「どこへ行きやがるんだ。仲間は来ないのか……」

緊張した声でつぶやいた秀蔵が腰をあげ、

「尾《つ》ける」

といって先に表に出た。戸を開けるときも秀蔵は右手を使わなかった。

空き店を出た佐吉は、浜松町《はままつちょう》の目抜き通りに出た。東海道である。そのまま金杉《かなすぎ》橋のほうに歩いてゆく。往還の人通りは昼間よりぐっと少なくなっている。

菊之助たちは気づかれないように、距離をとって尾けた。

「仲間のところに行くつもりかもしれねえ」

歩きながら秀蔵がつぶやく。目は前を行く佐吉からそらしていない。

菊之助は何も答えずに、佐吉の背中に目を注ぎつづけていた。仲間は研助と栗橋五兵衛という浪人だけのはずだ。しかし、それは数日前までのことであって、いまは人を増やしているかもしれない。それに、いま彼らを指図しているのは五兵衛だという。

相手は三人だけとはかぎらない。いざとなったときのことを、菊之助は頭のなかで考えた。絶対に秀蔵に無理をさせてはならない。自分と立花縫之助の二人で対処しようと肚《はら》をくくる。相手が三人だけなら、なんとかなるはずだ。

佐吉は浜松町三丁目で左に折れた。芝新網町《しばしんあみちょう》のほうだ。その先には大きな入堀があり、方丈《ほうじょう》河岸がある。その先は大名屋敷と海だ。

佐吉は、人気の少ない方丈河岸にある一軒の小さな船宿に入った。

足を止めた菊之助は息を詰めたまま、あたりの様子を窺った。

河岸場には幾艘《そう》もの舟が舫《もや》われていた。漁師舟もあるが、多くは平底の艀《はしけ》だった。この河岸場が物揚場《ものあげば》に使われているからであろう。

狭い河岸場の通りに船宿の明かりがこぼれている。先の道に一匹の痩せ犬が現れ、路地に消えていった。冷たい海風が吹きつけてき、どこかの戸板がカタコトと鳴った。

「秀蔵、ここにいてくれ。おれが見てくる」

菊之助は秀蔵を振り返って、先の船宿に向かった。

「気をつけろ」

秀蔵が低声《こごえ》で呼びかけたが、菊之助は応じずに歩きつづけ、船宿の前で立ち止まった。腰高障子に「船宿」という字が書かれ、看板に〈紀州《きしゅう》屋〉とある。

戸に手をのばそうとしたとき、その戸ががらりと開けられた。相手はまさかそこに人がいると思っていなかったらしく、はっと驚いたように目を瞠った。

菊之助も突然のことに驚いて手を引いたが、目の前に立っているのはさきほど尾《つ》けてきた佐吉だった。さらにその後ろに研助の顔があり、爪楊枝をくわえた浪人が土間奥からやってくるところだった。栗橋五兵衛だった。

「何の用だい？」

佐吉が胡散臭《うさんくさ》そうな目で聞いた。

「ちょいとここで休もうと思ってな」

「あいにくだが、もうここは終わりだ。他を探したがいいぜ」

佐吉はそういって菊之助の脇をすり抜けていった。それに研助がつづき、しかつめらしい顔をして五兵衛が表に出た。佐吉と研助は提灯をさげていた。

体を固めたように立っていた菊之助は、三人の他に仲間がいないことをたしかめると、くるりと振り返った。

「おい、待つんだ」

三人がビクッと肩を動かして立ち止まった。

「おまえたち、新兵衛と孝蔵の仲間だな」

「なんだと……」

五兵衛が応じたとき、佐吉が菊之助に提灯を投げつけた。風をはらんだ提灯は、ぼうっと音を立てて地面に落ち、いきなり炎をあげた。

「町方かもしれねえ。逃げるんだ」

佐吉が研助と五兵衛をうながして駆け出した。だが、その行く手を阻《はば》むように、秀蔵と縫之助が通りに現れた。

逃げようとした三人は、急に立ち止まった。

第五章　千成屋《せんなり》

一

　三人の賊は、菊之助と秀蔵、縫之助に挟まれた形になっている。左は方丈河岸、右は町屋だが、どの店も閉まっている。

　菊之助がゆっくり歩《ほ》を進めたとき、五兵衛がするりと刀を抜いた。佐吉が匕首《あいくち》を抜き、提灯をさげていた研助は前後を忙しく見る。

「栗橋五兵衛、てめえはおれのことを忘れちゃいまい」

　秀蔵がずいと前に進み出て五兵衛をにらんだ。右手は刀の柄に添えている。その隣に立つ縫之助は、鯉口《こいぐち》を切っていた。

「何を企《たくら》んでいるか知らねえが、おめえたちの盗みばたらきもこれまでだ。おとなしく縛《ばく》につけ」

「しゃらくせえ」

秀蔵の言葉を遮ったのは、五兵衛だった。そのまま地を蹴って秀蔵に斬りかかっていった。菊之助がハッと顔をこわばらせたとき、縫之助が五兵衛の一撃を打ち払った。小さな火花が散り、両者がぱっと離れた。

そのとき、佐吉が逃げようとした。秀蔵がそれを阻止しようと動いたが、うまくいかなかった。佐吉が振りまわす匕首を下がってかわすのが精いっぱいで、刀を抜けないのだ。

体の均衡を崩した秀蔵は、背後に下がり、そのまま天水桶《てんすいおけ》に背中をぶつけて、尻餅をつく恰好になった。

菊之助は秀蔵を救うために、刀を抜いて駆けた。その間に、縫之助と五兵衛が刃を交え、攻撃にまわったり防御についたりしている。互いの力は拮抗《きっこう》しているようだ。

「秀蔵」

菊之助が秀蔵のそばに行ったとき、佐吉は表通りに逃げてしまった。

菊之助は秀蔵に手を貸そうとしたが、その手を払われた。

「おれにかまうな。やつらを押さえるんだ」

秀蔵に怒鳴られた菊之助は、そうだと気づき、背後を振り返った。研助が提灯を捨てて、背後から菊之助に襲いかかろうとしていた。すんでのところで、体をひねってかわすと、そのまま鞘走らせた刀の棟《むね》で、研助の腕をしたたかにたたいた。

「あうッ」

うめきを漏らした研助の膝が折れた。その刹那、菊之助は研助の喉に、ぴたりと刀を突きつけた。

「死にたくなければ、匕首を捨てるんだ」

暗がりのなかでも研助の顔が青ざめているのがわかった。その手からぽろりと匕首が落ちた。

「ご勘弁を……」

蚊の鳴くような声を漏らして慈悲を請《こ》うたが、秀蔵が使える左手で襟首をひねりあげた。

それを見た菊之助が、刀を引いて後ろを振り返ったとき、縫之助と五兵衛の体が交叉して離れた。縫之助は振り切った刀の切っ先を天に向けて残心《ざんしん》を取っていた。

五兵衛は爪先に切っ先を向けたまま、じっとしていたが、つぎの瞬間、いきなり表通りに駆け出した。菊之助はとっさに追いかけたが、そのとき目の端で縫之助の体がぐらりと傾くのを見ていた。

「菊之助、追うんだ！」

立ち止まった菊之助を秀蔵が怒鳴った。しかし、もう五兵衛の姿は闇に溶け込んでいた。追跡を断念した菊之助は後ろを振り返った。

縫之助は刀を杖にして菊之助を見て、ふらりと体を揺らしたと思ったら、そのまま横に倒れた。

「立花さん」

菊之助は縫之助に駆け寄った。


小半刻《こはんとき》（三十分）後――。

菊之助たちは浜松町三丁目の自身番に詰めていた。秀蔵が研助を厳しく訊問する傍らで、腹を斬られた縫之助は駆けつけてきた医者の手当てを受けていた。

さいわい傷は浅かったが、

「傷口はすぐに塞がるだろうが、それまでは無理をせぬことだ」

医者はそういって膏薬《こうやく》を渡した。

心配そうに医者の手当てを見守っていた菊之助は、ほっと胸をなで下ろしたが、縫之助も安堵の吐息をついていた。

自身番には秀蔵の小者である寛二郎以下の者が、すでに集まっていた。

あとは捕まえた研助から逃げた五兵衛と佐吉の居所を聞き出すだけだが、これがわからなかった。五兵衛たちは様子を見て、中門前二丁目の空き店に数日寝泊まりする予定だったらしい。そのために、先ほどの船宿から移動する途中だったのだ。

しかし、菊之助たちに阻止されたので、五兵衛と佐吉がどこに逃げたかはわからないと研助はいう。

「とにかく、ここでのらりくらり調べをしていても埒《らち》が明かぬ。寛二郎、甚太郎、こやつを大番屋《おおばんや》に移す。他の者は今日のところは帰っていい」

研助の訊問を打ち切った秀蔵が、みんなにいった。

「立花殿、助をしてもらったばかりにこんなことになって申しわけない。命に関わるような傷でなかったのはさいわいですが、養生《ようじょう》して早く治してください」

秀蔵はこういったところの礼節はわきまえている。殊勝な顔で縫之助に頭を下げた。

「なんのこれしき、どうってことはありません。あの賊を召し捕らせてください。それでなければ、拙者の気が収まりませぬ」

「医者も無理をするなといったではありませんか。とにかく今夜は引き取ってもらいましょう。菊之助、立花殿の面倒を見てやれ」

「うむ」

と応じた菊之助だが、今度は秀蔵のことが気になっていた。

全員が表に出ると、菊之助は秀蔵のそばについた。

「おまえも無理はいかん。肩は思いの外、悪いのではないか。現におまえは刀を抜けずにいた。あれでは役目は務まらぬだろう」

「うるさい。小姑《こじゅうと》みたいなことをいうんじゃねえよ。単に不覚を取っただけだ」

秀蔵は強がっているだけだ。何をいっても無駄だろうと思う菊之助は、口をつぐんだ。だが、助働きをやめるつもりはない。

縄を打たれた研助は、三四《さんし》の番屋《ばんや》に連れて行かれた。

番屋の前で菊之助は秀蔵たちと別れ、源助店に帰ることにした。そばに次郎と縫之助がついている。腹に晒《さらし》を巻いている縫之助は、やや前屈《まえかが》みで歩く。

「立花さん、わたしが余計なことをいったばかりにこんなことになって……」

菊之助の言葉を、縫之助はさっと手をあげて遮った。

「それはいわないでください。いいっこなしです」

「しかし、それでは……」

「いやいや、いいのです。これしきのことでへこたれはしませんよ」

縫之助はそういって、心許ない笑いを漏らした。

「それにしても菊さん、今回ばかりは往生するよ」

次郎が隣を歩きながらいう。

「相手はけちなこそ泥みたいなやつだ。そんなやつに手こずっている。横山の旦那もそれが歯痒《はがゆ》くてしかたないんだと思うんだ。おまけに怪我をさせられちまって、調べはなかなか進まない」

たしかに相手は凶悪な盗賊一味ではない。数も少ないし、ものの数ではない。ところがそんな賊に振りまわされているのである。

「だが、残っているのは栗橋五兵衛という浪人と佐吉だけだ。研助も押さえたのだし、決着をつけるのにそう手間はかからぬはずだ」

菊之助はそういって、日本橋川の黒い流れに視線を落とした。三人は江戸橋を渡っているのだった。

宵五つ（午後八時）の鐘が空をわたっていった。

二

翌日、秀蔵は先に捕縛していた新兵衛を小伝馬町《こてんまちよう》の牢屋敷に送り、昨夜捕縛した研助からこれまでのことを詳しく聞き出していた。

菊之助が秀蔵と合流したのは、ちょうど研助の調べが終わったころだった。秀蔵は訊問に疲れたのか、

「ここじゃ気分が変わらねえ。そばにいい店がある」

といって、楓川《もみじがわ》の河岸道にある茶店にいざなった。使っている手先連中を表の縁台に待たせ、菊之助と秀蔵は茶店のなかの床几に腰をおろした。

「研助から大方のことを聞き出した。この期《ご》に及んで嘘はいっていないはずだ」

秀蔵はそう前置きしてから、言葉を継いだ。

「やつらがこれまで盗んだ金は、百五十両に満たねえ。だから、ひとつ大仕事をしようと考えていたようだ。それが木挽町にある相模屋という呉服屋だった。だが、そこはおれたちが先に嗅ぎつけていたので押し入ることができなかった」

「その代わり、おまえは怪我をした」

口を挟んだ菊之助に、秀蔵は苦い顔をしたが、何もいわずに茶を含んでからつづけた。

「やつらは相模屋にしくじったので、つぎに狙いをつけた店があった。尾張町《おわりちょう》にある高利貸だ。なるほど、高利貸なら奉公人も少ない。その店は亭主の他に通いの手代がひとりいるだけだった。店の終わった夜のうちなら亭主と身内を入れて四人だ。押し入るのはわけなかっただろう。高利貸だから金もうなっているはずだ」

「昨夜、やつらはその店を……」

「明日、つまり予定だと今夜だったはずだ。夜露をしのぐために、昨夜は中門前の空き店を仮の宿にするつもりだったらしい」

「それもできなくなった」

「うむ。だが、やつらの狙いは研助の話から大方わかっている」

「それは……」

菊之助は秀蔵の横顔を見た。

「高利貸か儲かっている質屋だ。大店と違い奉公人も少なけりゃ、商いに見合った金もある。少ない人数で押し入るにはもってこいの店だ」

「それも、いまは二人……」

菊之助の言葉に、秀蔵はゆっくり首を横に振った。

「ひとり増えるかもしれねえ。これはおれの勘だが、昨夜研助を訊問しているときにぴんと来るものがあった」

そのときのことを秀蔵は話した。

「研助、てめえは死罪は免《まぬか》れねえ。だが、命が惜しくて少しでも長生きしたけりゃ、その望みがないわけでもねえ」

のらりくらりと訊問する秀蔵は、鼻先に人参を吊るすようなことをいった。先に捕らえた元左官の孝蔵と違い、研助の口が軽いことは長年の経験でなんとなくわかっていた。案の定、研助は目を輝かせた。

「それはどういうことで……」

「おれたちの力になるようなことをおまえが話してくれりゃ、死罪から遠島《えんとう》にしてやれる」

「そんなことができるんですか？」

「できるさ。ただし、遠島といっても、その島から出ることは難しいかもしれねえが、首をばっさり斬られずに生きていることはできる。運がよければ、島抜けをして、よその国でそれまでの生き方を悔い改めて生きられるかもしれねえ」

「な、何をお話しすれば……」

「何もかもだ。五兵衛と佐吉と、これからどんなことを企んでいたかってことだ」

「それは、明日入ろうと思っていた高利貸の他には……」

研助はそういってから、いくつかあたりをつけた店があったことを口にした。

だが、研助が捕まった以上、五兵衛と佐吉がその店にこだわるとは思えない。二人は、別のことを考えるはずだ。秀蔵はそのことを知りたかった。

「話を聞いてると、どうやらおまえたちをまとめていたのは五兵衛のようだ」

話の流れから、いつしか仲間になった栗橋五兵衛の知恵がはたらいているのがわかっていた。このことは先に捕縛した孝蔵も同じようなことをいっているので、間違いないはずだった。

「その五兵衛とどんな話をしてきた。おまえが覚えていることをなんでもいいから話せ」

秀蔵はそういって仮牢のなかに敷かれている筵《むしろ》に腰を据えた。研助は目を泳がせ、記憶の糸を手繰《たぐ》るように、素直に話していった。仮牢のなかは寒く、息が白くなった。

黙って耳を傾けている秀蔵は襟をかき合わせ、寒さに耐えなければならなかった。だが、その夜これといって気に留めるような話は聞けなかった。

引っかかる話を聞いたのは、今朝の調べの最中だった。

「旦那、一晩寒さに震えながら考えているうちに、いろいろ思い出しました」

与えられた朝食を食べ終えた研助は、秀蔵の顔を見るなりいった。

「ほう、どんなことだ」

先を促すと、たしかに研助は昨夜とは違うことを口にしていった。

「……五兵衛さんとは、南割下水の大久保様の屋敷で会ったんですが、五兵衛さんは大久保様から面白い話を聞いたといっていました」

――おまえたち、ケチなこそ泥ばかりしておってはつまらぬだろう。ひとつ大きな仕事を考えてみたらどうだ。

仲間に入った五兵衛は、あるときそんなことをいったという。

——何か考えがあるんですか？

研助が聞けば、

——おまえと会った大久保屋敷があるだろう。あの家の主・大久保伝蔵さんが、蔵前《くらまえ》の札差《ふださし》は金を持っている。出入りしていた〈千成屋《せんなり》〉というのはあくどい商売をしている、一度ひと泡吹かせたいものだとおっしゃった。千成屋は、まあそこそこの札差だ。腹黒い狸親爺《たぬきおやじ》と古女房の他に、通いの奉公人が二人いるだけだ。どうだ、ひとつ考えてみる気はないか。

そう言って五兵衛は研助たちを眺めた。

——しかし、千成屋の造りがよくわかりません。

佐吉がそういうと、

——いざとなれば、大久保さんを仲間にすりゃいい。あの人は千成屋との付き合いが古いので、大まかなことはわかっているはずだ。

「しかし、他の仲間はその話には乗りませんでした。大久保様が仲間に入れば、面倒だと思ったんです。相手はお武家ですからね」

研助は五兵衛の話をしたあとでそういった。

「だが、おれはその話を聞き流してはいねえ」

秀蔵は左手で持った湯呑みを口に運んで、舌を湿らした。

「するとおまえは、逃げた五兵衛と佐吉が千成屋に押し入ると考えた。そういうわけか」

菊之助は端整な秀蔵の顔をまっすぐ見た。

「やつらは手持ちの金がねえ。これまで盗んだ金は、ほとんど酒と女に使っちまっているようだ。貧乏人は金の使い道を知らねえというが、やつらも思わぬ大金を手にして、その例に漏れずだ。何でも吉原で大盤振る舞いしたらしい。金に窮しているのはたしかだ」

「それじゃ、千成屋を見張らなければならないな」

「千成屋だけじゃねえ。大久保伝蔵からも目が離せねえ。もし、千成屋を襲うとなれば、五兵衛は大久保伝蔵に話を持ちかけるかもしれねえ」

なるほどと、菊之助は腕を組んだ。

「しかし、大久保さんは無役とはいえ幕臣だ」

「なあに、気にすることはねえ。もし、大久保伝蔵が五兵衛とつるんで盗みをはたらいたとすれば、いっしょに捕縛すりゃいいだけのことだ。あとの弁明はいくらでもつく」

「その勘が外れたらどうする？　これからの見張りが無駄になりはしないか」

「……こうなったら、おれの勘に頼るだけだ。外れたら外れたときだ。肚はくくっている」

秀蔵は目を光らせ、強い決意を表すように、唇を真一文字に引き結んだ。

三

縫之助は脇腹を斬られていた。長さは三寸（約九センチ）弱だが、一番深いところで二分（約六ミリ）程度だった。それに、もう傷は塞がりつつある。

自分で膏薬を塗り終わり、晒《さらし》を腹に巻きながら快復の早さに我ながら感心していた。痛みはほとんどないし、動くのにも不自由しない。しかし、周囲の引き止めがあったので、その日はゆっくり養生することにしていた。

遠路江戸までやってきた目的はいまだ果たせずにいるが、いい人との出会いにありがたみを感じていた。魔が差して盗みをはたらいたが、目こぼしを受けたし、その流れで荒金菊之助夫婦の温情を受けることにもなった。

旅籠《はたご》に泊まる必要もなく、次郎という町方の手先の世話にもなっている。世の中は捨てたものではないと思うことしきりである。

今朝はお志津が朝餉を運んできてくれた。

「そこまで気をつかわれると、恐縮いたします」

縫之助はお志津の親切に頭を下げ、

「怪我をしたと申しても、体はなんともありません。歩くことにも不自由はしないのですから、どうかお気づかいなく」

と、断るが、お志津はやさしい眼差《まなざ》しを向けてくる。

「いいえ。うちの亭主がいたらぬことを申したばかりに、こんなことになったのですから、どうぞご遠慮なさらずになんでもおっしゃってください」

「そんなことはありません。わたしが買って出たようなものですから」

しかし、お志津は昼餉も運んできてくれ、傷の具合をも心配してくれた。

それればかりではなかった。日が暮れると、夕餉の膳も持ってきてくれたのだ。

「これは至れり尽くせり。これではお志津さんや荒金さんにこの先、足を向けて寝ることができません。どうか、おかまいなく」

縫之助は思いもよらぬ重ね重ねの親切に、頭を下げるばかりだった。

とにかくその日は、次郎の家でじっと体を休めていた。腰高障子にあたってい たやわらかな初冬の日射しの名残《なごり》が消えると、外は暗い闇に包まれた。

あちこちの家から楽しげな笑い声や、子供たちの声が聞こえてきた。ひとり寂しく狭い家にいると、郷里の我が家が脳裏に浮かんできた。

独り身には広い家であるが、近隣の者がたびたび酒を持ってきては他愛ない世間話をして帰ってゆく。それゆえに独り暮らしを寂しく思ったことはなかった。

江戸には人が多く住まっているが、なぜか孤独が身にしみる。板壁一枚隔てた向こうには違う家族が住んでいるというのに。不思議なものだと思った。あわい行灯の明かりを、ぼうっとした顔で眺めていると、表に下駄音がして、戸口の前で人が立ち止まった。

「立花さん、おいでですか?」

縫之助は遠慮がちな声に目を輝かせた。お千代である。

「はい、おります。どうぞお入りください」

応じると、戸を引き開けたお千代が、心配げな顔を向けてきた。

「怪我をなさったとお聞きしたので、びっくりしたのです」

「いや、見てのとおり、どうってことはありません。ささ、お入りになって……」

お千代はそれではといって、三和土に入って戸を閉めた。

「仕事の帰りですか？」

「ええ。今夜はいつになく暇だったので、先に帰らせていただいたのです。それで、お怪我のほうは……」

「大丈夫です。かすり傷みたいなものです。ただ、今日は大事を取って休んでいましたが……」

「無理はいけませんよ」

「わかっております。あ、お茶を……」

「わたしがお淹れします」

お千代が遮って手焙りにかけていた鉄瓶に手をのばした。それから丁寧に茶を淹れてくれた。その所作を縫之助は黙って眺めていた。どうぞと、差し出されると、

「これはかたじけない」

頭を下げて湯呑みを受け取った縫之助は、茶に口をつけた。お千代は自分の分

も淹れて、茶を飲んだ。

「もしや、敵討ちでお怪我を……」

お千代は声をひそめて聞いた。

「いえ、そういうことではありません。些細《ささい》なことです。それにしても、いらぬ心配をおかけしましたな」

「……大変なお怪我でなくよかったです」

「まったくです。それにしても、わざわざ申しわけありません。お会いしてまだ間もないというのに、お千代さんは心根のやさしいお方だ」

「そんなにおっしゃらないでください」

お千代は恥ずかしそうに目を伏せる。上がり框に腰掛けたままなので、縫之助は、

「どうぞ、おあがりください。といっても他人の家ではありますが、遠慮することはないでしょう。そこでは寒うございます。あがって手焙りにあたってくださ い」

と勧めた。

お千代は遠慮がちながらもそばに来て座った。

「今日はときどき、お千代さんのことを考えていたのです」

「あら……」

お千代は意外だったのか、目をしばたたいた。

「あなたのような方が離縁されるのがよくわからないのです。いえ、あなたのような人に、その三行半を突きつける亭主のことといったほうがよいでしょう」

お千代はうつむいた。縫之助は立ち入ったことは聞かないほうがいいと思っていても、聞かずにいられない気分になっていた。

「いっしょに暮らされたのは長かったのですか？」

「……さほど長くはありません。いっしょになったのは二年ほど前でした」

「ご亭主は商売をやられていたのですな」

「いまもつづけております。小さな小間物屋ですけど……」

「そうでありましたか。でも、なぜ……ああ、わたしにはわからぬ」

縫之助は勝手にやきもきしながら首を横に振った。

「人はそれぞれでしょうから……。そう申すしかありません。でも、わたしにも至らないところがあったのもたしかですから……」

「そんなことはないでしょう。何が至らなかったというのです」

「それは……」

お千代は一瞬口ごもってから、

「子のできない体だからだと思います。ただ、我慢ならないことはありました。何度も石女《うまずめ》と罵《ののし》られて……そればかりは、いまでも悔しゅうございます」

そういったお千代は唇を噛んで、目に涙を浮かべた。このとき、これはまずいことを聞いてしまったと、縫之助は内省した。

「しかし、子ができないからといって一方的に妻を責めるのはよくありません。ご亭主のほうに問題があったのかもしれませんから」

お千代の顔が、はっとあがった。涙の膜を張った目を大きくして、

「そんなことをいわれたのは、はじめてでございます」

と、感激したようにつぶやいた。

「人を責める前に己を責めよと、わたしは教えられてきました。ですから、そのように思っただけです」

「立花さんは、いい方なのですね」

そういったお千代の視線が、熱を帯びたように見えたのは、縫之助の錯覚だったか。

四

石倉大三郎は自信を得ていた。竹刀ではなく木剣を持っての稽古をはじめてみると、同じ鍛錬をしているはずの山口門之助にも、田山広太郎にも負ける気がしないのだ。実際に掛かり稽古をやっても一度も負けない。

「なんだ、おぬしらはへっぴり腰でいかぬ。よいか、これは真剣ではないのだ。いいから思い切ってかかってこい」

石倉は山口と田山にハッパをかけるが、どうも二人は勝手が違うとぬかす。そこは、組屋敷に近い櫟《くぬぎ》林のなかにある広場だった。

「なにが勝手が違うのだ」

「おぬしが遠慮なくかかってくるからだ」

構えていた木剣をさげた田山がおでこに汗を浮かべていう。

「遠慮をして立ち合えるわけがなかろう」

「しかし、これは稽古ではないか。おぬしとまともにやり合うと、怪我をしそうだ」

「馬鹿をいえ。稽古で力を抜いたら、来《きた》るときにも力を発揮できなくなる」

「その来たるときに怪我をしていたら元も子もないではないか」

中段に構えていた石倉は、木剣を下ろした。

「なんだ。それじゃ怪我をするのが怖いといっているのと同じではないか。そんなことでどうする。おれたちは荒金に、いやってほど仕返しをしなければならぬのだ。多少の怪我ぐらいどうってことはない」

「待て待て。たしかに怪我を恐れて稽古はできぬが、おぬしはあまりにも本気になりすぎる。少しはこっちの身も考えろ」

山口も苦り切った顔でいう。

「ははあ、おまえたち、おれに勝てぬから負け惜しみをいっているのだな」

「そういうことではない」

「だったら本気でかかってきてみたらどうだ。遠慮なんかいらぬ」

石倉が誘うと、山口と田山は顔を見合わせた。

「よし。それなら遠慮なく一度やってみるか」

そういったのは山口だった。さっと木剣を中段に構えて、そのまま摺り足で前に出てきた。石倉は望むところだと応じて木剣を構えなおした。

間合い二間半（約四・五メートル）のところで足を止めて、隙を窺う。足許に積もっている枯れ葉が、カサカサと音を立てて風に流されてゆく。櫟の樹幹《じゅかん》越しに射してくる日の光が、地面に条を作っていた。

「今度は遠慮はせぬぞ」

間合いをじりじり詰めながら山口がいう。興奮しているのか、薄あばたのある頬を紅潮させている。

石倉は先に仕掛けようと思い、さっと剣先を動かして脇構《わきがま》えに変えた。と、その瞬間を狙っていたように、山口が突きを見舞い込んできた。思いもしない動きに不意をつかれた石倉は、逃げることもできず、のびてきた木剣を打ちたたくしかなかった。

かーん。

乾いた音が周囲にひびき、それに驚いた鳥たちが羽音を立てて飛び去っていった。

石倉の頬に一筋の汗がつたい流れた。内心で、これはいかぬと思う。さきほどとは勝手が違ってきた。

山口は幼いときから直心影流《じきしんかげりゅう》を習ってきている男だ。成人してからは鍛錬を怠っているらしいが、ここ数日の稽古で昔の勘を取り戻したようだ。

相手をしている石倉は、無外流《むがいりゅう》を習っている。通っている道場も無外流である。しかし、これまで熱心に稽古に励んだとはおよそいえない。道場での試合でも決して上位ではなかった。それでも気合で、上位の者を打ち負かすこともあったので、剣術とは時の運だろうという考えが頭にある。さらに、気合で機先《きせん》を制すことができれば、勝機があると知らず知らずのうちに悟っていた。

ところがさきほどまで相手にならなかった山口が、相当の気迫で迫ってくる。これはどうしたことだと、石倉は多少焦っていた。焦りながら奇声を発した。

「おりゃあー！」

だが、山口は静かに間合いを詰めてくる。隙が見えない。

「かかってこぬか」

もう一度誘いかけたとき、視界から山口の姿が消えた。つぎの瞬間、腕に強い衝撃があり、ついで痺れが肩まで走った。木剣を握っていることができず、その場に落として片膝をついた。

さらに脳天めがけて撃ち下ろされる木剣が、視界いっぱいに広がった。石倉は肝をつぶしそうになって、尻餅をつき横に転んだ。

「ここまでだ」

山口の冷え冷えとした声がしたとき、石倉の後ろ首に木剣が添えられていた。

「本気でやればこうなる」

石倉はまばたきすることも、息をすることもできずに山口を見あげていた。

「……ど、どうしたんだ？」

ようやく声を発することができたが、それはしばらく経ってからのことだった。

「相手を侮っていると、こうなるということだ」

山口は醒《さ》めた顔でいう。

「おぬし……」

と驚きの声を発したのは、田山だった。

「自分に驕《おご》った気持ちがあると、そこに隙ができる。石倉はたしかに力はあるだろうが、おれを舐めていた。だから負けたのだ」

あっさりいう山口を見た石倉は、歯噛みをするようにいい返した。

「山口、いまのはおれが油断していたからだ。もう一度だ。今度は負けぬ」

「よかろう」

一度勝ったので、山口は余裕の顔でいう。

二人は再び向かい合った。今度は気を抜かぬと、自分に言い聞かせる石倉は、じっくり相手の出方を待った。山口も用心深く間合いを詰めたり、離れたりする。石倉は相手を追い込むように、じりじりと間合いを詰め、牽制《けんせい》の突きを送り込み、ついで左腕を狙って撃ち込んだ。

山口がかろうじてそれを受けて、撥《は》ね返し、そのまま脇腹を狙ってきた。石倉はとっさに木剣で受けて、素早く離れた。二間の間合いを取って、体勢を整えると、右にまわった。それに合わせて山口が動く。爪先で地面を噛んで、半尺詰めた。

瞬間、山口が横面を狙い撃ってきた。石倉は半身をひねってかわすなり、体勢を崩した山口の背中に大上段から木剣を振り下ろした。

「やめろ！　そこまでだッ！」

田山の発した悲鳴のような声で、石倉はかろうじて木剣を止めることができた。

「だから、いっただろう」

田山が息を荒くしていう。

「本気でやったら怪我をすると。石倉、いまそこで止めなかったら、山口の頭が石榴《ざくろ》のようになったかもしれぬのだ」

いわれた石倉も冷や汗をかいていた。たしかに本気になりすぎていた。

「しかし、おれたちの腕はそれなりにあがったと思わぬか」

「おそらく見違えるほどにあがっているだろう」

山口が汗を拭きながら応じ、

「このまま稽古を積めば、荒金ごときには負けぬはずだ」

と、言葉を足した。

五

風が強く吹き、寒さがいや増していた。

菊之助と秀蔵は南割下水そばの稲荷社のなかで襟をかき合わせ、足踏みをしたり、手をこすりあわせたりしていた。すんだ夜空に星が浮かび、雲がゆっくり流れている。

「いつまでやる」

菊之助は秀蔵を見て聞いた。

「もう半刻《はんとき》（一時間）、粘ろう」

秀蔵が答える。五つ（午後八時）の鐘をさきほど聞いたばかりだった。

武家地の通りには、人が絶えていた。ときおり提灯をさげた中間らしき男が勝手口から出ていく姿があったが、それは見張っている大久保伝蔵の屋敷ではなかった。

めあての大久保宅には動きはない。木戸門はきっちり閉まったままだ。

「それにしても、おまえとこんなことをするとは思わなかった」

そういう秀蔵を、菊之助は醒めた目で見た。

「何もこれがはじめてではないだろうに……」

「そういうことではない。おれの助をおまえがしてくれるということだ。子供のころ、こんなことは考えもしなかったからな。とにかく、世話になる」

「ふん、おまえらしくもない。急に弱気なことをいいやがって……」

「心の底ではいつもおまえに感謝しているんだ」

「口先だけはいつも達者だ」

「くそッ、人が殊勝《しゅしょう》なことをいっているというのに、なんだおめえのその口の利きようは……。腹の立つことをいいやがって……」

秀蔵は闇のなかで目を光らせる。

菊之助は視線を外して、ぺろっと舌を出した。それでいいんだ。いつものおまえらしくあってくれと、胸の内でつぶやく。

二人は大久保伝蔵の屋敷を見張っているが、千成屋のほうは寛二郎たちが交替で見張りについていた。

「今度ばかりは、おまえにしっかり礼をしてもらわなけりゃ、帳尻が合わないな。何しろおまえはおれの役に立つことがないのだからな」

「嫌みなことをいいやがる。菊の字、おめえいつからそんな男になりやがった」

「たまにはいってやらないと、おまえはすぐにつけ上がるだろう」

「口の悪いやつだ」

「それはおあいこだ。しかし、こうやって見張っているが、おまえの勘が外れたら、どうする?」

秀蔵はしばらく考える目をして、大久保伝蔵の屋敷を眺めた。今日一日見張っているが、訪問客もなければ、大久保も外出をしていない。家にいるのはわかっているが、いつもこうなのかと思う。

「……やつらは性悪《しょうわる》には違いないが、大盗賊ではねえ」

秀蔵が口を開いて、つづけた。

「いってみれば、にわか盗人《ぬすっと》だ。やり手の盗賊ならば、動きを読むのは難しいが、やつらはそうじゃない。知恵もまわらないだろうし、押し入るための仕込みや手配りもできないはずだ。それに仲間三人を捕まえられている。五兵衛と佐吉が焦っているのは目に見えている。もたもたしていると、自分たちまで捕まってしまう。その前に大金をつかんで江戸を離れようと、おそらく考えている」

「まっとうな者なら、とうに江戸を離れているだろうな」

「やつらは金がない。満足いく金を、喉から手が出るほどほしがっている」

おそらくそうだろうと、菊之助も考えていた。しかし、大久保伝蔵や千成屋とはまったく関係ないところに押し入ることもあり得るはずだ。かといって、その見当のつけようがない。結局、秀蔵の勘に頼るしかなかった。

「今夜は何もないかな……」

しばらくたってから秀蔵がつぶやいた。どこかで犬の遠吠えがした。遠くから夜廻りが立てる拍子木の音が聞こえている。

「あの二人、ない知恵をあれこれ絞っているのかもしれぬ。それともおれたちの様子を見ているのか……。だとしても、金のないやつらは長くはジッとしていないはずだ」

「どうする。引きあげるか……」

菊之助の問いに、秀蔵は空をあおぎ、

「そうするか」

といった。

そのまま南割下水を離れ、千成屋に向かった。

風はだんだん強くなっている。

両国橋を渡るとき、二人は体を前に倒して歩かなければならなかった。

閑散とした両国西の広小路を突っ切り、浅草《あさくさ》橋を渡って御蔵前《おくらまえ》まで来た。昼間は人の絶えない通りだが、人っ子ひとり見ない。それも寒い風が吹きつけているせいだろう。居酒屋や小料理屋も提灯をおろしている。だが、戸障子には明かりがあるので、営業はつづけているようだ。

鳥越《とりごえ》橋を渡ったところで、見張りをしていた次郎が駆け寄ってきた。

「何かあったか？」

秀蔵が聞くのへ、次郎は首を横に振り、

「旦那たちのほうは？」

と聞いた。

「おれたちのほうも何もない。他のやつらは？」

「見張りをつづけています」

秀蔵はあたりに視線をめぐらしてから、言葉を継いだ。

「今夜一晩、交替で見張りをつづけるんだ。おれは明日の朝早くこっちに来る。見張り場はどこだ？」

「千成屋から三軒隣の吉野《よしの》屋という道具屋です」

「何かあったら、おれの家に使いを走らせろ。これは飯代だ」

秀蔵は次郎に金をつかませて、菊之助に今夜は引きあげだと、きびすを返した。

六

腰高障子にあわい明かりがにじみ、鳥のさえずりが聞こえていた。すでに起きていた縫之助は、昨夜見たばかりの夢を思い出していた。

これまで死んだ妻が夢のなかに出てくることはあっても、他の女が出てきたことはなかった。ところが、昨夜はお千代が夢に現れたのだった。しかし、その夢のなかでどんな話をして、どんなことをしたかは覚えていない。

ただ、お千代の夢を見たのはたしかだった。縫之助は表情をゆるめたまま、傷の手当てにかかった。痛みはすっかり消え、傷口も塞《ふさ》がりつつある。昨日一日じっとしていたのがよかったのかもしれない。

手当てを終えると、井戸端に行き、房楊枝を使って歯を磨き、月代とひげを剃り洗顔をしてすっきりした。

今日は菊之助に頼まれている盗賊捜しをやろうと思うし、その後どうなったかが気になっていた。もちろん、敵を討つために村井為之助捜しもやらなければならないが、まずは盗賊捜しが先だ。それに自分を斬った栗橋五兵衛という男のことが許せない。

そう考えるそばから、脳裏にお千代の顔が浮かびあがる。いったいどうしたことだろうかと、甘酸っぱい思いに胸を騒がせる。

次郎の家に戻ると、手焙りに火を入れ、鉄瓶をかけて湯を沸かした。昨夜、お千代は朝餉を作ってくれるといった。

そのとき、おそらく明日の朝は早く出かけるだろうというと、

「それならわたしも早起きをいたします」

と、お千代は応じた。

そんなことを考えていると、戸口に下駄音が聞こえてきて立ち止まるのがわかった。

「おはようございます。起きてますか？」

胸をときめかせていたが、声の主はお志津だった。

「ああ、起きています」

縫之助は慌てて戸障子を開け、朝の挨拶をした。

「よかったら、うちに見えませんか。菊さんも心配していますので、傷の具合がよろしければ、いっしょに朝餉を食べようといっているのですが……」

「はい、傷はもうすっかり大丈夫です。ご心配をおかけしました。しかし、困りましたな。今朝はお千代さんが飯を作ってくれることになっているんです」

「お千代さんが……」

お志津は驚いたように目を見開いた。

「あとでお訪ねしますので、荒金さんにそういってもらえませんか」

「はあ、それじゃそのように伝えることにしますが、お千代さんがねえ」

お志津が首をかしげながら戻っていくと、入れ替わるようにお千代がやってきた。

縫之助の表情がまたゆるんだ。

「へえ、お千代さんが……」

お志津から話を聞いた菊之助は、意外なこともあると思った。

「なんでもあの二人、ずいぶん気が合っているようなんです。おつねさんなんか、あの二人はあやしいなんていっているのですよ」

おつねは長屋一のおしゃべりで、噂好きの女だ。

「それならあとで、わたしが立花さんの家に行ってみよう」

菊之助はいつにない早い朝餉にかかった。

「……立花さんの傷のほうはどうなんだろう？」

「もう何ともないようなことをおっしゃってましたけど……」

それなら今日は連れていこうかと菊之助は考えた。昨日もそうだったが、秀蔵の肩の具合は芳《かんば》しくなさそうだった。そのことが気がかりだから、菊之助は今回の助働きをしているのだった。

食事を終え着替えをすまして次郎の家にゆくと、爪楊枝をくわえ満足そうな顔をしている縫之助がいた。

「これは荒金さん、先ほどはお志津さんからお招きいただいたのですが……」

「聞いておりますよ。それで傷の具合はどうです？」

菊之助は遮って聞いた。

「もう何ともありません。傷も塞がっていますし、是非もう一度横山さんの助をさせてください。それとも、賊は昨日のうちに捕まりでもしましたか……」

「いや、まだです。それならごいっしょできますな」

「むろん、そのつもりでいたのです」

二人はまだ閑散としている町屋の通りに出て、御蔵前の千成屋に向かった。

昨夜は風が強かったが、今朝は収まっている。入堀に架かる栄橋《さかえ》を渡ったとき、雲間からさっとひと条の朝日が射し、あたりが明るくなった。

菊之助と縫之助が、見張り場に借りている道具屋に入ったとき、すでに秀蔵は来ていた。縫之助を見るなり、

「傷のほうはどうです？」

と聞いた。

「ご心配には及びません。わたしのことより横山さんのほうはいかがです？」

縫之助は逆に秀蔵の肩を心配した。

「わたしのことはご懸念《けねん》には及びません。それより、早くからすみませんな」

秀蔵は話をはぐらかすようなことをいって、

「今日一日動きがないようなら、考えをあらためる」

といった。

菊之助がどういうことだと聞けば、

「やつらは大久保伝蔵を頼らず、当面の金だけを都合して江戸を離れるかもしれねえ。そうなると、この見張りは無駄になる。こういったことの踏ん切りは早めにつけるのが常道だ。しかし、まるきりおれの勘が外れているとも思えぬのだ。何しろ、大久保伝蔵がもし、栗橋五兵衛の相談を受ければ、話に乗るかもしれない。つまり、大久保は無役の御家人で、しかも自宅を賭場に使わせていたほどの男だ。つまり、金に窮しているからそんなことをやったはずだ。どうなるかわからぬが、今日も気を抜かず、みんなにはやってもらう」

秀蔵はそう話してから、千成屋の見張りに菊之助を残し、自分は縫之助と寛二郎を連れて大久保屋敷に向かった。

千成屋に残ったのは、菊之助と次郎、甚太郎、そして鉤鼻の五郎七である。

日が高くなるにつれ、人通りが多くなった。札差・千成屋は浅草御蔵前片町《かたまち》の脇道に店を構えていた。大通りに面した表店ではないが、脇道の両側には大小の店や問屋が軒を並べていた。

秀蔵が先に研助から聞いた話をしたとおり、千成屋には人が少なかった。主夫婦に通いの奉公人が二人だけだった。通いのひとりは手代で、千成屋の主は番頭を兼ねていた。人手がいるときには、近所の車力《しゃりき》に頼むということだった。

札差は旗本御家人が受ける蔵米を担保に金を融資するのが商売だが、同時に金貸しもやっている。出入りする客のなかには、町内の者も見受けられた。

日は徐々に高くなってゆき、昼が過ぎた。

取り逃がした五兵衛も佐吉も姿を見せない。それでも、みんなは交替で千成屋に注意の目を向けていた。千成屋のすぐそばには、新堀川《しんぼりがわ》が流れている。担保として預かる蔵米《くらまい》はその堀川を利用した舟であげられることが多いようだ。しかし、千成屋の裏は長屋になっており、両側も商家である。隣の店との間に、細い猫道があるだけなので、賊は当然表から侵入して、逃げなければならない。

押し入るとなれば、通いの手代と奉公人が帰ったあと。さらに、付近の通りに人が絶えたあとになると予測される。

「菊さん……」

茶を飲んでいた菊之助の肘を、次郎がつついた。あれを見てくれという。

菊之助が節穴に目をあてると、佐吉が千成屋の表に立ち、そのまま見張り場にしている道具屋のほうに歩いてくるところだった。元大工らしく、職人のなりをしている。頑丈そうな体に、強情《ごうじょう》そうな顎。

菊之助はそばに五兵衛がいないか目を凝らしたが、その姿はない。

「五郎七、やつを尾《つ》けるんだ。行き先を見届けて戻ってこい」

菊之助の指図で、五郎七がうなずいて腰をあげた。

「ぬかるな」

もう一度いってやると、五郎七はまかせておいてくれといって、道具屋を出ていった。それからも菊之助は付近の通りに目を凝らしたが、栗橋五兵衛の姿はなかった。

そして同じころ、秀蔵が見張っている大久保伝蔵の屋敷にも異変があった。

七

秀蔵はその通りに栗橋五兵衛の姿を見ていた。隣にいる縫之助も五兵衛の背中を凝視していた。

やはり、そうであったか……。

秀蔵は内心でつぶやき、両手の拳をゆっくり握りしめた。相変わらず右手にはあまり力が入らない。強く握ると、肩に痙攣《けいれん》が走る。少しずつ痛みは薄れてはいるが、完治まではあと半月は要するだろうと考えていた。昨夜は遅いのもかまわず鍼灸師《しんきゅうし》を呼んで、鍼《はり》を打ったが、楽になったのはいっときのことだった。

そのことに歯痒さを覚えながらも、佐吉がいないことに首をかしげた。

「佐吉はいっしょじゃありませんね」

寛二郎が、秀蔵の思ったことを口にした。

「別に動いているのかもしれぬ」

「横山さん、引っ捕えますか？」

そばにいる縫之助が気負い込んだ声を漏らした。

「様子を見ましょう。佐吉の姿がないんです」

五兵衛は大久保伝蔵の屋敷の木戸門を入って姿を消した。秀蔵はそれを見届けてから、身をひそめている稲荷社からそっと表の道を窺い見た。やはり佐吉はいない。

もう一度、柊《ひいらぎ》の枝葉の下に腰をおろして、大久保家に目を注ぐ。おそらく五兵衛は大久保伝蔵に話を持ちかけにきたのだ。それ以外には考えられない。

秀蔵は枝葉の向こうにある太陽をあおいだ。小春日和だが、日が落ちればまた寒さが厳しくなるはずだ。さっさと片づけてしまいたいが、五兵衛を捕まえれば佐吉を逃がすことになるかもしれない。

ここまで辛抱して待っているのだから、二人いっしょに押さえたいという思いが秀蔵にはあった。大久保家に入った五兵衛は、なかなか出てこなかった。誘いかけに難渋《なんじゆう》しているのか、あるいはどうやって押し入るかと奸策《かんさく》を練っているのかもしれない。

五兵衛が出てくるまでたっぷり一刻はかかった。やはり五兵衛はひとりで、佐吉の姿はない。日は西に傾きはじめていた。

「尾ける」

五兵衛の姿が武家地の角を曲がったところで、秀蔵は腰をあげた。そのまま稲荷社を抜けて、五兵衛の尾行を開始した。

菊之助はひとりやきもきしていた。五郎七に佐吉を尾行させたあと、このことを秀蔵に伝えるために次郎を走らせていた。だが、次郎はいっこうに帰ってこないし、五郎七も戻ってこない。

次郎はともかくとして、五郎七は一度、五兵衛に殴り倒されている。尾行にしくじっていれば、今度ばかりは殴られるだけではすまないはずだ。

「旦那、やつら遅いですね」

いっしょに千成屋を見張っている甚太郎が、焦《じ》れたようにいった。

「うむ」

菊之助がうめくようにいったとき、裏の勝手口から次郎が駆け込んできた。菊之助と甚太郎は同時に次郎を見た。

「向こうはどうなっている？」

菊之助はそばに来た次郎に聞いた。

「それがおかしいんです。横山の旦那も立花さんも、寛二郎さんの姿もありません」

「姿がない……」

「捜したんですが、見あたらなかったんです。稲荷社にいるってことでしたから、待ってみたんですが……」

思った。菊之助はひょっとしたら、秀蔵たちは大久保伝蔵を尾けているのではないかと思った。しかし、そうであるならおかしい。五兵衛か佐吉が現れることを考えて、見張りを残していなければならない。

どこにもいないということは、やってきた五兵衛か佐吉を尾けているのか……。わからないことだった。とにかく五郎七の帰りを待つことにした。

日はようようと傾きはじめている。通りには行商人や町娘、あるいは相撲取りや托鉢《たくはつ》僧らが行き交っていた。

千成屋の屋根の向こうに浮かぶ雲が、少しずつ色づきはじめている。それにともなって風が冷たくなってきた。

夕七つ（午後四時）の鐘が、空を渡ってすぐのことだった。

見張り場にしている道具屋に、ひとりの女がやってきた。

「こちらに荒金さんというお客さんがいませんか？」

女は主にそんなことを聞いた。

「あんたは……」

「わたしは町方の旦那に頼まれて手紙を預かってきたんです」

おそらく秀蔵からだと察した菊之助は、店先に行った。

「町方は横山秀蔵という者ではないか」

女に訊ねると、そうだといって、自分は本所林町《ほんじょはやしちょう》から来たと付け足した。

「荒金はわたしだ。ご苦労だった。ちょっと待ってくれ」

菊之助は筆を借りて、短い手紙を書いて女に渡した。それには、佐吉が現れ、五郎七が尾行していることを書いた。

使いの女が去ると、届けられた手紙に目を通した。手紙というより簡単な書き付けだった。秀蔵たちは竪川《たてかわ》に架かる、二ツ目之橋《ふたつめのはし》そばの船宿を見張っていると書いてある。その船宿には五兵衛がいるようだ。

「なんと書いてあるんです？」

次郎が聞いた。

「大久保伝蔵屋敷を栗橋五兵衛が訪ねて、出ていった。それから二ツ目之橋の船宿に入っている。いま、秀蔵たちは五兵衛を見張っているところだ」

菊之助が答えたとき、今度は五郎七が戻ってきた。

「どうした？」

真っ先に甚太郎が声をかけた。

「見失っちまった」

五郎七は情けなさそうな顔をした。見失ったのは、両国東広小路の雑踏だったという。二ツ目之橋に近いではないか。


日がすっかり落ち、宵闇が迫ってきた。

〈有明屋《ありあけ》〉という船宿を見張る秀蔵たちは、有明屋のはす向かいにある煎餅屋で見張りをしていた。さきほど、菊之助からの書き付けが届けられたばかりだった。

やつらの狙いは、やはり千成屋だというのが、これではっきりした。秀蔵は自分の勘があたったことに拳を握りしめる思いであったが、

「旦那、五兵衛の姿がありません」

と、煎餅屋の裏口から血相を変えて入ってきた寛二郎がそういった。

「いないだと！」

「へえ、いつの間にか姿を消しています」

寛二郎は狐につままれたように何度もまばたきした。

さっと立ちあがった秀蔵は、それはおかしいと思った。舟着場に下りるためには、一度二階座敷から一階の帳場に下りなければならない。そして、その姿は煎餅屋から確認することができた。だが、その気配もなければ姿も見えなかった。

「ほんとに消えたのだな」

「ほんとです。ちゃんと調べてきたんです」

秀蔵はそのまま煎餅屋の戸をガラリと引き開け、有明屋に向かい、帳場に入るなり、

「二階に客はいるか？」

と、聞いた。

帳場にいた船頭と女中たちはいきなりのことに驚いたが、

「お二人ほどいらっしゃいますが……」

と、女中のひとりがいった。

秀蔵はそのまま二階座敷に駆けあがった。階段を上ったところで、二人いる客のひとりを見て眉宇をひそめた。五兵衛と同じ着物を着た男が笑っているのだ。

「おい、ここに侍がいたはずだが知らぬか？」

笑っていた男がギョッとなって、秀蔵を見た。

「あっしは着物を替えてくれといわれて、そのようにしたんですが、そのお侍のことですか……」

男はそういって目をしばたたいた。

第六章　手紙

一

　有明屋を出た栗橋五兵衛は、いまだに妙な胸騒ぎがして落ち着かなかった。それは有明屋に入る前、本所相生町《あいおいちょう》ですれ違った男がいたからだ。これはかつて五兵衛がだまし討ちをして殺した佐々木源次郎《ささきげんじろう》という男の倅・源之助《げんのすけ》だった。

　その源之助が自分に気づいたような気がしてならなかった。もし気づいているなら、助太刀を呼んでいまにも有明屋に乗り込んでくるのではないかと、五兵衛は気が気でない。考えに考えた末に、同じ座敷にいた行商人にかけ合い、着物を取り替えて船宿を出たのだった。

　五兵衛はギッシ、ギッシと軋《きし》む櫓《ろ》の音を聞きながら、河岸道を用心深く窺った。

源之助らしき男の姿は見えない。有明屋から離れるにつれ、騒いでいた胸の鼓動が徐々に静まっていった。

しかし、五兵衛にはもうひとつ気がかりなことがあった。

いまになって大久保伝蔵に相談を持ちかけたのは、間違いだったのではないかと思うのだ。伝蔵は五兵衛の話を最後まで黙って聞いていた。そして、千成屋を襲撃することに同意してくれた。

「あの札差には、わしも思うところがある。おぬしの考えどおりにうまくゆけばよいが……さて、どうしたものか」

伝蔵は腕を組んで考えた。

「ここまで話したのですぞ。力を貸してくれませんか」

「断ったらどうする？」

言われた五兵衛はくわっと目を瞠った。

「この場で斬り捨てることになります」

「……なるほど、その覚悟でわしを訪ねてきたというわけか」

「大久保さんなら力になってもらえると信じてのことです。金は等分にしますので、なんとしてでも話に乗ってもらいたいのです」

五兵衛は伝蔵の肚の裡《うち》を読んでいた。伝蔵には多大な借金がある。無役の御家人に返せるような金ではない。その借金の大半が千成屋にあるのだ。伝蔵は千成屋がつぶれるか死ねばいいと常々いっている。

もし五兵衛と手を組んで千成屋に押し入り、金を手にできれば、借金帳消しのうえに思ってもみなかった金が入るのだ。まさに一石二鳥である。

そして、伝蔵は気を揉ませるほどの長い間を置いてから、

「よかろう」

と応じてくれたのだった。

五兵衛はそのあとで、細かな打ち合わせをして大久保家を辞した。佐々木源之助とすれ違ったのは、それから間もなくのことだった。

有明屋を出た舟は大川に出ていた。まだ宵の口である。穏やかに流れる大川の水面で、空に浮かぶ月が揺れている。

五兵衛は空をあおいだ。雲はあるが、明るい星が広がっている。

大久保伝蔵が裏切りはしないだろうかという不安が、また胸の内をよぎった。だが、五兵衛はいまさら計画を変えるつもりはない。大久保伝蔵はやるといったのだ。あの言葉を信じるしかないし、武士に二言はないはずだと、対岸の明かり

を凝視した。

そのころ、大久保伝蔵は奥座敷でひとり考え事をしていた。

久しぶりに訪ねてきた栗橋五兵衛が持ちかけた話は、思いもよらぬことだった。顔には出さなかったが、内心であきれ返り驚き、話を聞くうちにその気になった。そして、五兵衛の奸策に同意をした。

だが、ひとりになってよくよく考えると、危ない綱渡りである。もし万が一、町方に取り押さえられることになったら、身の破滅である。貧乏御家人とはいえ、代々つづいてきた大久保家が絶えることになる。

しかし、このままでは暮らしが成り立たないのもたしかだ。二進《にっち》も三進《さっち》もいかない状況は変わらないだろう。うまくすれば金が入り、借金がなくなる。天秤にかけるまでもなく、五兵衛の話には旨《うま》みがある。

だが、伝蔵は何か逃げ道はないかと考えていた。思案するうちに、あることを思いついた。自分は押し入らずに、見張りに立つだけにしよう。伝蔵もその役を押しつけるようなことを口にした。

もし、五兵衛たちが千成屋に押し入ったとき、町方らしいあやしい影を見たら、そのまま立ち去り、様子を窺う。もしくは町方に、これこれしかじかだと密告する。

五兵衛は裏切り者呼ばわりするだろうが、自分は町方に協力をしているわけだから、手柄を立てたことになる。また、千成屋も災難を免れたことで感謝するはずだ。そのときに、借金の相談に乗ってもらい、帳消しの算段をつける。

また、手柄を立てたことが認められ、なんらかの役目に就けるかもしれない。

うむ、そうだ……。

内心でうめくようにつぶやいた伝蔵は、燭台の炎を見つめた。どちらに転んでも損のないように立ち回ればよいのだ。そうだ、そうではないかと、自分を納得させた。

二

秀蔵は有明屋の帳場の上がり口に腰をおろしたまま、切歯扼腕《せっしやくわん》していた。出された茶をさきほどからいたずらにがぶ飲みしている。

縫之助も寛二郎も自分たちの尾行が気づかれたはずはないという。秀蔵もそう思っていたし、自信があった。しかし、五兵衛は行商人と着物を取り替えて逃げた。それが気がかりでならなかった。

「まだ戻ってこぬか」

秀蔵はまわりの者を見ていった。五兵衛を乗せた舟の船頭が帰ってくるのを待っているのである。ひとりの船頭が舟着場をのぞき込み、

「あれかもしれない」

と首をかしげて、竪川の遠くに目を凝らしていた。

「五兵衛は大久保伝蔵殿の屋敷を訪ねています。どんな話をしたのか、それをたしかめなくてもよいのですか」

縫之助が秀蔵を見ていう。

「たしかにそれは気になるところです。やつはずいぶん長い間あの屋敷にいましたからな」

「これから行って話を聞いてきましょうか。それくらいのことだったら拙者におまかせください」

「お待ちを。それは軽率《けいそつ》かもしれぬ」

秀蔵は縫之助の考えを否定して言葉を継いだ。

「もし、大久保伝蔵が五兵衛らと組むのであれば、本音は吐かないだろうし、誤魔化すはずだ。それに、警戒して計画を取りやめるかもしれない。そうなるとまた手間暇かかることになる」

「なるほど、言われてみればたしかに……」

そのとき、舟着場を見ていた寛二郎が、舟が戻ってきましたと秀蔵に告げた。

五兵衛を乗せた船頭がやってくると、

「さっきの客をどこまで送った？」

と秀蔵が聞いた。

「薬研堀《やげんぼり》ですが……何か……」

船頭は険しい表情をしている秀蔵に臆しながら答えた。

「薬研堀……」

「へえ、難波《なにわ》橋のたもとで降ろしました」

秀蔵はきらっと目を光らせ、膝を左手で打ちたたき、

「寛二郎、立花殿、千成屋に行く」

といって、すっくと立ちあがった。

三

菊之助たちは千成屋を見張りつづけていた。

すでに暖簾が下げられ店は閉まっている。暮れ六つ（午後六時）の鐘が鳴って
しばらくすると、通いの手代と若い奉公人が店を出て家に帰っていった。

その後、佐吉も五兵衛も姿を現さない。菊之助は道具屋の主が出してくれた手焙りにあたりながら、暗い通りを見ている。

「甚太郎の帰りが遅いな」

菊之助は五郎七と次郎を振り返った。甚太郎がもう一度、秀蔵たちを捜しに行っているが、見張り場にしている道具屋を出てから半刻がたっていた。

「そろそろ帰ってくるでしょう」

次郎が気楽な調子でいう。菊之助は五郎七を見た。

「ほんとうに佐吉には気づかれてはいないんだな」

「旦那、もうなんべん同じことをいうんです。あっしは絶対に気づかれちゃいません。そんなヘマはやってませんて……。もっとも、見失ったのはあっしの落ち

度ですが……」

「ふむ……」

菊之助はため息をついて、千成屋に目を戻した。雨戸を少し開けているのだが、そこから吹き込んでくる風がさらに冷たくなっていた。そばに手焙りがなければ、とても我慢できないだろう。

「やつら、今夜押し入るつもりですかね。どう思います」

次郎が暇にあかせていえば、

「そんなこたァ、やつらに聞かなきゃわからねえことだ」

と、五郎七が応じる。

「今夜押し入らなきゃ、明日もここで見張りですか」

「仕方ねえだろう。だが、相手はたったの二人だ。現れりゃ、さっさととっ捕まえて終わりだ」

「仲間を増やしていたらどうします。二人だけと決めつけるわけにもいきませんよ」

「そりゃそうだろうが、人が増えれば分け前が少なくなる。増えたところで一人か二人がせいぜいだろうよ」

次郎と五郎七の無駄話を聞き流していた菊之助は、表の道に現れた人影に目を凝らした。

「……秀蔵だ」

とつぶやくと、次郎と五郎七が節穴に目をあてた。

表の道に現れた秀蔵は脇道に入り、それから道具屋の勝手口から入ってきた。寛二郎と縫之助もいっしょだ。

「どうしたのだ」

菊之助の問いかけに、秀蔵はすぐには答えず、上がり口に腰をおろして、

「おかみ、悪いが熱い茶を一杯くれるか」

と、道具屋の女房にいいつけてから、言葉を継いだ。

「五兵衛の野郎が大久保殿の家にやってきた。なんの用事だったかわからねえが、ずいぶん長いことといて、屋敷を出ていった。そのあとを尾けたが逃げられた」

「逃げられただと。どういうことだ？」

秀蔵は菊之助の疑問に、そうなった経緯を話した。

「着物を取り替えて逃げたというのは、尾けられていることに気づいたか、見張られていることに気づいたからではないか」

「そんなことはない。おれたちは決して気づかれちゃいない。立花殿も寛二郎もそのことには自信がある」

「ええ、絶対に気づかれちゃいません」

寛二郎が語気強く、自信ありげにいう。

「それにしても妙だな。じつは昼間、千成屋の前に現れた佐吉を尾けた五郎七も、佐吉を見失っているんだ」

「感づかれたのか？」

秀蔵はさっと五郎七を見た。

「いえ、見失っただけです。両国東広小路だったんですが、ちょいと目を離した隙にわからなくなっちまいまして……」

「着物を取り替えて逃げたということは……」

菊之助は独り言のようにいった。

そのとき、甚太郎が戻ってきた。秀蔵たちを見て、

「あれ、いつの間に」

と、驚いたように目を瞠《みは》った。

「とにかく今夜は千成屋を見張る。それについて、ちょいと考えがある」

秀蔵は帰ってきた甚太郎にはかまわず、道具屋の女房から茶を受け取って、その後の段取りを話していった。

「千成屋は夜の戸締まりはしっかりやっているだろうが、やつらが表から入るかどうかはわからねえ。しかし、千成屋を狙っているのは、十中八九間違いないだろう。五兵衛が大久保伝蔵を訪ねてもいるし、佐吉も昼間この前の通りにやってきたのだったな」

秀蔵は言葉を切って菊之助たちを眺めた。五郎七と次郎がうなずく。

「押し入るのが今夜なのか明日なのか、それはわからねえが、これからおれと立花殿が千成屋に行ってわけを話し、居座ることにする。残っている者たちはここで見張っていてくれ。やつらが現れ、店に入ったところで、逃げ道を塞いで引っ捕らえる」

「仲間を増やしてないでしょうか」

次郎が聞いた。

「わからねえが、ひょっとすると大久保伝蔵が加担しているかもしれねえ。だが、やつらが押し込みを日延べするとは思えねえ。おそらく今日か明日のうちに入るだろう」

「おまえが店で待つのはいいが、もうひとり増やしたらどうだ」

菊之助は秀蔵の肩を心配していた。

「そうだな、それじゃ寛二郎も連れて行くか」

秀蔵はそう応じてから、千成屋に向かった。


そのころ、五兵衛は両国東広小路に面している一膳飯屋の隅で、佐吉と会っていた。

有明屋から薬研堀まで行って、そこからまた両国橋を渡ってきたのは、あくまでも佐々木源之助に尾行されるのを嫌ってのことだった。しかし、何も起きなかったし、尾けられている気配もなかった。源之助とすれ違ったとき、顔を見られたと思ったのは勝手な思い過ごしだったようだ。

「それじゃ大久保様も仲間に入ってくださるってことですか」

佐吉は強情そうな顎を撫でて五兵衛を見た。さきほどから二人は声をひそめて、話し合っていた。店は場所柄なのか込んでいた。女中たちが座っている客を縫うようにあちらに行ったり、こちらに来たりしている。

刻限が刻限なので、酒を飲んでいる者が多かったが、五兵衛と佐吉は今夜のことを考えて、腹ごしらえをしたあとは茶だけにしていた。

「大久保さんはおれたちの見張りだ。あの通りは表から入った脇道だが、人の目がどこにあるかわからねえ。見張りをしてもらえば、こっちも安心して入れるってもんだ」

「何刻《なんどき》ごろやるんです？」

佐吉は目をきらきら輝かしている。

「千成屋は戸締まりをしっかりやっているはずだ。頑丈な鍵でもしてあれば押し入るのは難しい。そこで、千成屋の夫婦が床につく前に訪ねる。なに、ちょいと相談があるといえば戸ぐらい開けてくれるはずだ。開けてくれたらあとはこっちのもんだ」

「へえ。それじゃ、そこでばっさり」

「それはあとだ。まずは金の在処《ありか》を聞き出さなきゃならねえ」

「そりゃそうですね」

「あの夫婦がいつも何刻ごろ寝るか知らねえが、四つ（午後十時）までは起きちゃいねえはずだ。だからその前に押し入る。その時分だと人通りもないはずだ」

「盗んだあとのことですが、大久保様には……」

佐吉は狡賢《ずるがしこ》そうな目をした。

「金はおれたち二人でわける。大久保さんには死んでもらう。おれたちはそのまま江戸を去るって寸法だ」

「うまくいきますよね」

佐吉はゴクッと喉仏を動かしてつばを呑んだ。

「うまくいかなきゃ困るじゃねえか」

「大久保様とはどこで落ち合うんです？」

「五つ半（午後九時）ごろ、柳《やなぎ》橋のたもとで会うことになっている。だが、裏切られちゃことだ。念には念を入れて、おれたちゃ大久保さんが来ても、遠くからしばらく様子を見ようじゃねえか。町方にこっそり告げられていちゃかなわねえからな。まあ、そんなことはないと思うが……」

四

風が強く吹いたりやんだりを繰り返していた。

江戸の町はすっかり闇に閉ざされているが、道具屋のなかよりは表のほうがかすかに明るい。星明かりがあるからだ。小半刻ばかり千成屋の前の通りに人影が見えなくなっていた。野良猫と野良犬がうろついたぐらいだ。

しかし、間もなくすると酔っぱらった職人二人が、げたげた笑いながら千成屋の裏にある長屋に入っていった。それから三人の武士が提灯を提げて通りすぎ、木戸番小屋の番人が火の用心のための見廻りに出ていった。

「もう五つ（午後八時）を過ぎましたが……」

次郎が両手に息を吹きかけていう。

「盗人は早くに押し入らないのが常だ。九つ（午前零時）まで待つ覚悟をするしかねえ」

五郎七が差し入れの蒸《ふ》かし芋を頬張っていう。

「こう寒いと、熱々の燗がほしくなるな」

甚太郎が体をふるわせながらぼやいた。

菊之助も寒さと戦っていた。足の指先をもんだり、手をこすりあわせている。

空をわたる風が、ヒューッと音を立てていた。星明かりに舞いあがる土埃が見える。

柳橋のたもとに立つ大久保伝蔵はさきほどから、あたりを見まわしていた。五兵衛と佐吉が現れないからである。その様子を物陰から窺い見る五兵衛は、用心深く周囲の人影に目を配っていた。だが、あやしげな動きもなければ、不審な人の姿もない。

大丈夫だろうと思った五兵衛は通りに出た。伝蔵がすぐに気づいて歩み寄ってきた。

「遅いではないか」

「申しわけありません。ちょいと用を足しておりましたんで……。こいつが佐吉です」

五兵衛が佐吉を紹介すると、伝蔵はちらりと見ただけで、

「これからやるのか」

と声をひそめる。

「そろそろいい頃合いでしょう。その前にもう一度お聞きしますが、戸口を入って右が帳場ですね」

「そうだ。帳場の裏が客間になっている。その奥に千成屋の寝間があるはずだ。

戸口を入って土間を行ったところが台所で、その横に居間がある。寝間の横にも二部屋あるようだが、その辺のことはわからぬ」

もう何度も五兵衛が聞いていることだった。

「金蔵はどのあたりだと思います？」

「金蔵があるかどうかそれはわからぬ。なければ、床下にでも金を隠しているだろう」

大方の商家は同じことをしている。畳を剝《は》いだ床下に甕《かめ》を埋めて、金をためているのだ。そうしておけば、いざ火事になっても金は無事である。

「ぼちぼち行きますか。見張りのほう、しっかり頼みますよ」

「まかせておけ」

伝蔵が応じると、五兵衛は千成屋に足を向けた。人通りは少なくなっているが、それでもすっかり人がいなくなったわけではない。三人は人目を避けるように、道の端を歩いた。人が来れば、顔を見られないように足許を見て歩いた。

やがて千成屋の通りに入った。突き当たりは物揚場になっている新堀川の河岸だ。その向こうに天文台の屋敷が黒い影となって縁取られている。天文台は正式には、頒暦所《はんれきしよ》御用屋敷と呼ばれる。強い風に松の枝が揺れている。

道の角に立った大久保伝蔵が表通りを見てから、五兵衛にうなずいた。五兵衛と佐吉は千成屋の前に立ち、もう一度周囲を見て人のいないのをたしかめた。

コンコンと遠慮がちに戸をたたき、佐吉が声をかける。

「こんばんは。千成屋さん、夜分に申しわけありません。こんばんは……」

佐吉は同じことを繰り返した。その間、五兵衛は周囲に目を配り、角に立つ伝蔵を何度も見た。しばらくして、店のなかから声がかかった。

「どちら様で……」

「夜分に申しわけありませんが、そこの番屋の者です。紙入れの拾い物がありまして、千成屋さんの預かり証がありましたので、ちょいと見てもらいたいのですが……」

佐吉は打ち合わせどおりに言葉を返した。

「ちょいとお待ちを……」

なんのことはない、千成屋はすぐに戸を開ける気配だ。

心張り棒の外される音がして、潜り戸がガタゴトと音を立ててゆっくり開いた。

そのとき、見張りをしていた伝蔵がそばにやってきた。予定どおりでないから、五兵衛は向こうで見張りをつづけてくれと目顔でいい聞かせるが、

「わしも入る」

と、伝蔵は低声で言う。

五兵衛はここで言い合ってもしかたないので、舌打ちをして、なるがままよと肚をくくった。どうせ店の者は殺すのだ。戸口が開き、千成屋千右衛門《せんえもん》の顔がのぞいた。瞬間、五兵衛は千成屋の襟首をつかんで、押し下がらせるなり口を塞いだ。

背後で潜り戸の閉まる音がした。

「声を出すんじゃねえ。騒いだら、命はないと思え」

千成屋は恐怖に怯えた顔をしていた。

「金蔵はどこだ」

「そんなものはねえさ」

突然の声に、五兵衛は心底びっくりした。ギョッと目を瞠ると、帳場の後ろの障子が開き、町方の恰好をした男が姿を現した。さらに表にいくつもの足音が聞こえてきた。

「栗橋五兵衛、ご苦労であったな。おれの顔は忘れちゃいまい」

男がにやりと笑った。

そのそばにもうひとり侍が現れ、さらに小者も姿を現した。

「御用だ！」

表からそんな声が飛んできて、閉めたばかりの潜り戸が引き開けられた。

「謀《はか》られた」

いったとたん、五兵衛は千成屋を突き飛ばして、腰の刀を引き抜いた。

「立花さん、そやつを！」

菊之助は店のなかに入るなり、秀蔵を守るように縫之助に声をかけた。同時に刀を抜こうとした大久保伝蔵の腕をがっとつかみ取った。

伝蔵は放せと抗《あらが》ったが、すぐさま五郎七と次郎に肩を押さえられ、身動きできなくなった。一方の五兵衛は秀蔵を斬りつけにいったが、縫之助に下から刀を撥ねあげられ、帳場に片手をついた。そこへすかさず、縫之助の太刀が襲いかかり、したたかに肩を斬られた。だが、それは棟に返して打ちたたかれただけであった。

その間に、佐吉は寛二郎と甚太郎に取り押さえられていた。

まさにあっという間の出来事で、五兵衛らは何もすることができなかった。

「手間をかけさせやがる野郎たちだ。栗橋五兵衛、てめえの浅知恵もここまでだ」

秀蔵は余裕の顔で吐き捨ててから、大久保伝蔵を見た。

「金に目がくらんでこそ泥に加担するとは、大久保殿も地に落ちたものだ。貴殿のことはいずれ目付に引き渡すゆえ、覚悟するがいい」

「わしはこやつらに……」

「黙りおれッ！」

秀蔵は伝蔵の言葉をぴしゃりと遮った。

伝蔵の顔から血の気が引いていくのがわかった。

「いい訳したいことがあるなら、あとでとっくり聞いてやらあな。おい、こいつらを引っ立てろ」

秀蔵の指図で、五兵衛と佐吉、そして伝蔵は表に連れ出された。

「主、血も流さず無事に落着《らくちやく》となり、さいわいであった。戸締まりをして休むことだ」

千成屋の夫婦は米搗《こめつ》き飛蝗《ばった》のように秀蔵たちに頭を下げた。

五

盗人騒ぎが一段落すると、菊之助はたまっていた仕事の片づけに精を出さなければならなかった。その日の午後、次郎がふらりと菊之助の仕事場に現れた。

五兵衛らを捕縛して三日目のことだ。

「ようやく、やつらを小伝馬町の牢に送ることができましたよ」

次郎はほっとひと安心の顔で上がり框に腰掛け、大久保伝蔵は目付に引き渡されたと付け足して、言葉を継いだ。

「立花さんは今日も出かけてるみたいですね」

「手掛かりがなくて往生しているようだが、どうなることやら」

「そのことなんですがね。横山の旦那が手を貸すようなことをいっておりやす」

「秀蔵が……」

菊之助は研いでいた包丁の刃先に親指の腹をあてて、研ぎ具合をたしかめた。

「助をしてもらったので、黙って指をくわえてるわけにもいかねえだろうってことなんです。立花さんも褒美《ほうび》をもらって、少しは懐に余裕があるから動いてるんでしょうが、相手はどこで何をやってるかわからないんでしょう」

「おれもそのことは気になっているのだ。仕事が片づいたら手伝おうと思っていたところだ。だが、秀蔵が手伝ってくれれば見つかるのは早いかもしれぬな」

「旦那は村井為之助について、もう一度調べなおすようです」

「そうしてもらえると助かるな」

「おいらも明日から立花さんといっしょにまわろうかと考えてんです」

「是非そうしてくれ。だが、あの人はいつまでつづけるつもりなんだろう」

菊之助は研いだ包丁を晒《さらし》にくるんで、脇に置いた。

「五年かかろうが十年かかろうが、やめるわけにはいかないといってましたが……」

「口でいうのは容易《たやす》いが……どうしたものかな」

「どうしたものかって、どういうことです？」

「敵討ちをあきらめてくれないかと思うのだ。そりゃあ、妹御を殺された悔しさはわからなくはないが、敵討ちにこだわるあまり、思いを果たすことなく身を滅ぼすこともある。そうなっては目もあてられないだろう」

「あの人は簡単にゃ、やめはしませんよ」

「だろうな……。しかし、このままあの人をおまえの家にいつまでも住まわせておくわけにもいかぬだろう」

そうだったと、次郎ははたと気づいた顔になった。

「おいらも菊さんの家にずっといるわけにはいきませんからね」

「ここは考えどころだ。二、三日のうちに立花さんと話してみるか……。ところで、秀蔵の肩の具合はどうなのだ？」

「少しはよくなってるようです。右手で茶を飲めるようにもなっています」

「早く治してもらわないとな……」

菊之助はつぎの包丁を手にした。

上野広小路のとある茶店の縁台に、どしんと腰をおろした縫之助は、ふうと小さなため息をついて、寒空に浮かぶ一片の雲を見あげた。

村井為之助の行方は杳《よう》としてわからない。長崎代官所の元手付で、村井をよく知っている者に会ってきたばかりだったが、

「あやつとはもう二年以上会っておらぬが、どこで何をしているのやらこっちが知りたいぐらいだ」

といわれた。

その元手付は、さらにこうも付け足した。

「ひょっとすると商人になっているのかもしれぬ。一度、ぽつりと漏らしたことがあった。いずれ商売をやって金儲けをしたいとな。だが、おいそれとうまくいくものではない」

商売か……。

胸の内でつぶやく縫之助は、空から視線を下げた。黒塗りの火の見櫓《やぐら》があり、町屋の甍《いらか》が日の光を照り返している。商家の幟《のぼり》が風にゆらめいていた。

目の前をたくさんの人が行き交っているが、縫之助の目には入っていなかった。周囲では呼び込みの声や笛や太鼓の音がしているが、それも耳に入っていなかった。

親戚から返事も送金も来ない。心細いことこのうえない。もっとも、先日横山秀蔵の助働きをしたことで、褒美に金をもらっていた。これは望外な金額だったので、驚きもし、またありがたくもあった。しかし、その金もいずれはなくなる。

そのことを思うと、暗澹《あんたん》たる気持ちになる。

村井と付き合いのある親戚もほとんどあたり尽くしている。しかし、誰もが村井がいまどこで何をしているかだけでなく、生きているのか死んでいるのか、それさえもわからないという。

この広い江戸でどうやって捜せばいいのだ。江戸にいないとしたら、それこそ雲をつかむようなことだ。もし、村井が商売をはじめたとしても、それがどんな商いなのかもわからない。店を構えていなければ、行商かもしれない。江戸にいるとしても、江戸のどこの町にいるのかもまったくもって見当がつかない。

「おじさん、飴買っておくれ」

突然の声に我に返った縫之助は、目の前に立つ小さな男の子を見た。五、六歳の少年だった。継《つ》ぎ接《は》ぎだらけの着物にすり切れた草履《ぞうり》。頬がまっ赤で、髪はぼさぼさだった。抱えた笊《ざる》に飴が入れられている。

「いくらだい？」

縫之助は男の子にやさしく微笑んで訊ねた。

六

石倉大三郎は湯屋の二階にあがったところだった。その座敷には近所の職人や商家の奉公人たちがいて、のんびりくつろいでいた。茶を飲みながら世間話に興《きょう》じている者もいれば、将棋を指している者もいた。

しばらくして山口門之助と田山広太郎がやってきた。

「いつものことではあるが、稽古のあとに湯に浸かると疲れがよく取れる」

田山は広いおでこに浮かぶ汗を手拭いでぬぐう。

「どうだ、たまには軽くやらぬか」

山口が酒を飲む仕草をして誘うと、

「おれもそう思っていたところだ。話したいことがある」

と、石倉が応じた。

荒金菊之助との約束の日が近づいていた。その件で、石倉は二人に相談があったのだ。

湯屋を出ると、湯島天神の門前町にある縄暖簾に入った。醤油の空き樽を土間に置いた店で、客はそれに腰掛けて飲み食いをする。

「話とはなんだ？」

酒に口をつけたあとで田山が石倉を見た。

「荒金との件だ。もう幾日もない。やつが果たし合いに応じてくれなければ、これまでの稽古が無駄になる」

「手紙は渡してあるんだ」

「来なかったらどうする？」

田山と山口が顔を見合わせた。

「それはないだろう。やつは研ぎ師を生業《なりわい》にしているが、武士の端《はし》くれだ。尻尾を巻いて逃げるようなことはしないだろう」

山口がたしなめるようにいう。しかし、石倉は不安だった。

「来るというたしかな約束を取り付けていないのだ。すっぽかされたらどうする」

「そうだな」

田山が難しい顔になって酒を舐めた。

「文《ふみ》をもう一度出すか、やつに会って直接返答をもらうかしたほうがよいのではないか。おれたちは伊達《だて》に稽古を積んできたわけではない。このごろは上役への日参も怠っておるのだ」

石倉は〝就職活動〟を中断してまで稽古しているのだから、そのことが無駄になってはならないと思っていた。

「ならばどうする……」

田山が石倉と山口を交互に見た。

「会うより文がよいだろう」

山口が口を添えて言葉を継いだ。

「やつが応じなければならないような文面にするのだ。やつには女房がいる。もし、約束を反故《ほご》にするようなことがあれば、その女房が無事ではすまないような脅しを書いておくのだ。さすればやつも知らぬふりはできぬだろう」

「それはいい考えだ。よし、それでは早速書くか」

石倉は酒をひといきにあおって、表を眺めた。まだ日の名残があった。

「今日のうちに書いて届けようではないか」


足を引きずるようにして長屋に戻ってきた縫之助は、一度、菊之助の仕事場の前で立ち止まった。戸はきっちり閉まっているので、もう家に帰っているのだろう。長屋の路地には炊煙がたなびき、井戸端で女たちが夕餉の支度をしている。

次郎の家に入ると、そのまま上がり框に腰掛け、疲れた脹ら脛《ふくはぎ》を揉み、湯にでも浸かりにいこうかと思った。その帰りに、夕餉を兼ねて酒を飲む。たまにはささやかな贅沢もしなければ身がもたない。切り詰めてばかりいると、気が塞いでしまう。そうだ、湯に浸かったあとで酒を飲もうと決めた。

桶と手拭いを持って、早速湯屋に向かった。近所にはいくつかの湯屋がある。目をつけている安そうな縄暖簾があったので、そのそばの湯屋に足を運んだ。

すでにとっぷり日は暮れており、町屋のあちこちに提灯の明かりが見られた。湯に浸かり、月代とひげを剃った。髷にも櫛を通した。

貧乏たらしくしていれば、村井捜しにも支障をきたす。訪ねる先で、何度か胡《う》散《さん》臭い目で見られたことがある。そのとき、乱れた髷と無精ひげであったことに気づいた。

湯に浸かり、さっぱりした縫之助は、縄暖簾をくぐった。

煮豆と刻みするめ、焼き豆腐を肴に、二合の酒を飲むと、よい心持ちになった。もっと飲みたいが、ぐっと我慢する。しかし、微酔《ほろよ》いになると、敵である村井為之助捜しよりも、お千代のことが頭に浮かぶのはどうしたことか。

あとで顔を拝みに行こうかと思う。それにもっとお千代のことを知りたい。あんないい女を邪慳《じゃけん》に追い出す亭主の気が知れない。いったいどんな亭主だったのだ。そんな疑問が心に浮かぶが、別れた亭主のことはあまり聞かないほうがいいだろうと思う。

お千代も苦い経験をしたに違いない。そんなことを聞けば気分を害するだろう。

そうだ、さりげない世間話でよいのだと自分にいい聞かせる。

鼻歌のひとつも歌いたい気分で長屋に戻ると、路地の入り口でひとりの侍に呼び止められた。提灯の明かりを受けたその顔を見て、縫之助は首をかしげた。

「何の用であろうか……」

そういって相手の顔をしげしげと眺めた。

「この長屋に住んでいる者だな」

相手は見下すようなものいいで聞く。

「さようだが、お手前とは以前会ったような気がするな」

縫之助はもう一度相手をよく見て、思い出した。

「おお、そうだ。湯島三組町の久崎様の屋敷を訪ねたときに会ったはずだ。覚えておらぬか……?」

相手もしげしげと縫之助を見て、

「そういえば、佐嶋様の家の前で会ったようだな。それではものはついでだ。これを頼まれてくれ」

と、一通の文を縫之助に渡した。

「これは？」

「この長屋に荒金菊之助という研ぎ師が住んでいる。その者に渡してくれ」

「荒金さんに……それならお安いご用だ。それで貴殿の名はなんと申す」

「山口門之助だ。それでは手間をかけるが、頼んだ」

うむと、縫之助がうなずくと、山口はそのまま帰っていった。

縫之助は菊之助の家に行こうとしたが、山口のことが気になった。小普請組の大縄地で会ったとき、山口には二人の連れがいた。いずれもあまり目つきのよくない者たちだった。何か企みがあるのではないかと、縫之助は思い、盗み読みはいけないとわかっていながら、次郎の家に戻って文を開いた。

読んですぐに、縫之助は眉宇をひそめた。果たし状だったからだ。もし、申し出を断ったり、知らぬ顔をとおすなら妻に災難が降りかかるかもしれないと書いてある。

「お志津さんに……」

縫之助は顔をあげた。

お志津さんにめったなことがあってはならない。荒金さんにも無理はさせられない。あの二人は自分の恩人である。果たし合いというからには、真剣での殺し合いになる。もしものことがあれば、大変だ。

縫之助はもう一度文に視線を戻して、果たし合いの日付と場所を脳裏に焼きつけた。

第七章　合縁《あいえん》奇縁《きえん》

一

「立花さん、おいでですか」

か細い声が戸口にあったのは、縫之助が文を懐にしまったときだった。予期しないことだったので、心の臓がドキリと脈打ったが、声がお千代だとわかると、鼓動がまた高鳴った。慌てて三和土に下りて、戸を引き開けると、いつものようにお千代が控えめな笑みを浮かべていた。

「いまお帰りですか……」

「はい。もう夕餉はおすみだと思うのですが、もしよろしければ食べていただこうと思って鰻を持ってきたんです」

「鰻を……」

縫之助は目を輝かせた。

「旦那さんが注文を間違えて焼いてしまわれたのです。もったいないので、わたしに持って帰れといわれましたので……」

「それではお千代さんが食べる分ではありませんか」

「いいえ、わたしは賄《まかな》いをいただきすぎて食べきれないのです。でも、せっかくですから立花さんにと思いまして……」

「そういうことでしたら遠慮なく。しかし、思いもよらぬ馳走です。ああ、入ってください。外は冷えていけません」

お千代を家のなかに入れると、縫之助は慌てて散らかっているものを片づけた。そこは寒いので手焙りのそばに来るようにと、お千代をうながした。

「明日になると味が落ちます。今夜のうちに召しあがってください」

居間にあがったお千代がそういうので、縫之助は飲み残しの酒があるのを思い出し、ぐい呑みを二つ取りだして酒をついだ。

二人の間に鰻の蒲焼きを置いて、酒を飲むことになった。縫之助は短い世間話をしたあとで、

「お千代さんはまた嫁がれるのでしょうな。いや、まだ若いので気になっているのです」

と切り出した。

「ええ、ご縁があればよいのですが……」

「縁などいくらでもありましょう。それに吉辰という鰻屋は上々吉の店。客筋もいいはずですから、そのうちいい話がきっとあるはずです。しかし、あなたのような人を追い出した亭主の気がしれない」

そこでまたもや失言だったと気づいた縫之助は、口をつぐんだ。案の定お千代はうつむいていたが、その髪に挿してある笄《こうがい》に気づいた。

それは真鍮《しんちゆう》に雨竜《あまりよう》の意匠《いしよう》を施したものだが、瑪瑙《めのう》が取り付けてあった。めったに見るものではなかった。

「めずらしい笄を挿されてますな」

「えっ……」

うつむいていたお千代が顔をあげて、笄に手をやった。

「見せてもらえませんか」

所望すると、お千代は笄を抜いて手渡した。縫之助は取り付けてある瑪瑙を食い入るように見、行灯の明かりに近づけた。

似ていると思った。妹・冴がしていた指金に取り付けられていた瑪瑙の模様とそっくりだ。しかし、似ているだけかもしれない。

「これはどこで買われました？」

「どこでと……。それは別れた亭主から贈られたもので……捨ててしまえばよいのでしょうが、わたしも気に入っていまして……つい」

「いえ、それはよいのですが、それではご亭主はどこで求められたのでしょう」

「どこでもありません。あの人の売り物だったのです。あの人は小さな小間物屋をやっておりまして、それは自分で細工をした品物でした」

「自分で細工を……あの……」

縫之助は目を光らせてひと膝詰めた。

「別れたご亭主の名はなんと申されます？」

「作右衛門《さくえもん》と申しますが、侍くずれなので昔は違う名を持っておりました」

縫之助は眉を吊りあげ、目を見開いた。まさかと思った。

「その昔の名は、なんと申される」

「それは教えてもらっていません。でもなぜ、そんなことを……」

「あまり別れたご亭主のことを訊ねてはよくないと思っていたのですが、もしや長崎におられたことはありませんか？」

「年に一度長崎に行っております。わたしも一度連れて行ってほしいと思っていたのですが、ついぞその機会には恵まれませんでした。立花さんが長崎の出だとお聞きしたので、どんなところなのだろうかと思っていたのです」

「ご亭主は、その作右衛門殿は長崎に詳しいのですな」

「南蛮《なんばん》の品を買い求めに行っておりますので詳しいはずです。でも、笄が何か……」

お千代は不安の色を顔ににじませた。

「わたしが敵討ちをしに来たことは先に申しておりますが、妹が殺されたとき、指に金の台座に瑪瑙をはめ込んだ指金をしていたのです。女房思いの亭主から贈られたものでした。その瑪瑙と、この笄についている瑪瑙がよく似ているのです。いや、気のせいかもしれませぬが……」

笄を返すと、お千代は何やら考え込む顔をした。縫之助は問いを重ねた。

「お千代さんが作右衛門殿に添われたのはいつです？」

「……二年ほど前です」

「そのとき、すでに作右衛門殿は店を構えておられたのですな」

「はい。開業して間がありませんでしたけれど……まさか、あの人が……」

「いや、疑っているのではありません」

縫之助は口ではそういったが、かなり疑っていた。村井為之助は三年半前に妹を手込めにして殺し、しばらくのちに江戸に戻っている。そして、江戸に戻ってきた半年後に家禄を返上して侍身分を捨てている。

お千代といっしょになったのが二年前……。

宙の一点を凝視していた縫之助は、ゆっくりお千代に視線を戻した。

「作右衛門殿の店はどこにあります？　一度会って話をしたいだけですので教えてもらえませんか？　敵のことがわかるかもしれませんので……」

お千代は息を止めたような顔をしていた。縫之助は村井為之助の人相をしゃべってしまおうかと思ったが、もし作右衛門が村井だとしたら、お千代に衝撃を与える。ここでたしかめるよりは、自分でたしかめたほうがいい。

「店を教えてください」

催促するようにいうと、お千代はゆっくり口を動かした。

「上野新黒門町《うえのしんくろもんちょう》にある〈肥前屋《ひぜんや》〉といいます」

二

「いやですわ、おつねさんたら……」

井戸端に洗い物に行っていたお志津が、姉さん被《かぶ》りを外しながら家のなかに入ってきた。

「どうかしたか」

菊之助は湯呑みを置いて訊ねた。

「人の噂はあまりするものじゃありませんといってやったのですが、あの人、お千代さんと立花さんがいい仲になっているって……」

「おつねさんは豆粒のようなことを、西瓜《すいか》みたいに大きくいいますからね。それじゃ、おいら行ってきますよ」

次郎はそう言って家を出ていった。秀蔵のところへ行って、縫之助の敵捜しをどうやってやるか、その相談をするためだった。

「何かわかったら教えてくれ」

「承知しやした」

菊之助は軽い返事をして出ていく次郎を見送ったあとで、

「いつものおつねさんのことだ。気にすることはないだろう」

というが、お志津は首を振って、言葉を足した。

「話を聞けば、わたしももしやと思うんです。立花さんはお千代さんを気に入っているようだし、お千代さんもまんざらじゃないみたいだし……」

「年が違いすぎるよ」

「年なんか関係ありませんよ。世の中にはいくらでもそんなことがあるんですから……」

「ほんとうのところはどうか知らないが、知っていても知らぬ顔をしているのが大人だ。聞き流しておけばいいさ。さ、仕事に行ってこよう」

菊之助はそのまま仕事場に向かった。

天気の悪い日で、いまにも雪でも降りそうな雲が空に漂っていた。寒さも昨日に増して厳しい。風のないのが唯一の救いである。

仕事場に入った菊之助は、まずは手焙りに炭を入れて火を熾した。あまり大きな炎が立たないように、火吹き竹を器用に使っていると、縫之助が訪ねてきた。

「ひょっとすると、敵が見つかるかもしれません」

挨拶もそこそこに、縫之助はそんなことをいった。

「何か手掛かりでもありましたか」

「あったのです」

上がり框に腰掛けた縫之助は身を乗り出すようにした。至極、真面目顔だ。菊之助は手にした火吹き竹を膝許に置いて、縫之助を見返した。

「昨夜、お千代さんと話をしていると、あの人の du 亭主が気になったのです」

縫之助はそう前置きして、昨夜どんな話をしたか、そして気になる亭主について詳しく話した。

「すると、お千代さんの別れた亭主が、村井為之助だと……」

話を聞いた菊之助は、縫之助の勘はあたっているのではないかと思った。

「たまたまにしても、似通ったことがいくつもあります。もっとも、そうだと決めつけているわけではありませんが、これからたしかめに行ってまいります」

「ちょっとお待ちください。もし、そうだったらどうされるつもりです」

「そのときはどうもこうもありません。敵を討つのみです」

おそらく縫之助はその気になっているはずだ。菊之助はここは一人で行かせるわけにはいかないと思った。

「立花さん、わたしも手が空いておりまます。たしかめるのでしたら、ごいっしょしましょう」

縫之助はそれには及ばないといったが、菊之助は折れなかった。結局、二人揃って長屋を出て、上野に向かった。

お千代の元亭主だという作右衛門の店はすぐにわかった。町の北側の通りに面した表店だ。

間口は狭いが立派な構えである。肥前屋と書かれた看板に古さは感じられない。それだけ開業して歳月がたっていないということだ。

「あいにく主は出かけておりますが……」

店を訪ねた菊之助と縫之助に、帳場に座っていた番頭はそういった。

「いつ帰ってまいる」

縫之助が聞いた。

「おそらく明日の朝か昼ごろでしょう。さっき文が届いたばかりで、そう書かれていましたから」

「どこへ行っているのだ？」

「へえ、おかみさんと箱根《はこね》に湯治《とうじ》です。十日ほどの旅ですが、働き者の主はたまの褒美だと申しておりました。わたしも是非にと勧めましてね。おかみさんも喜んで……ところでいったい主にどんなご用で……」

おしゃべりらしい番頭は、はたと真顔になって、菊之助と縫之助を交互に見た。

それには菊之助が答えた。

「この店にはめずらしいものがあると耳にしたので、是非ともその仕入れ先を旦那に訊ねたいと思いましてな。こちらのお侍が興味をお持ちなのだよ」

機転を利かしての弁だった。

「さようでございますか。でしたら、うちでお求めになったらいかがです。どんなものをお探しなんでしょうか？」

「探し物ではないのだよ。旦那にお会いして、その仕入れのことを聞きたいと思っているのだよ」

「へえへえ、さようなことでございますか。それならおあいにくさまでした。明日なら間違いなく店に出ているはずですから、明日お越しになるとよろしいでしょう」

「それでは出直すことにするが、主は昔は侍だったと耳にしているが、そのときの名はなんと申した？」

「……さあ、侍だったということは聞いていますが、名は聞いておりません。主はあまりそのことを話したがりませんし、聞くのも躊躇《ためら》われますから……へえ」

「年は三十半ばで、肉づきがよく、右目の下に米粒ぐらいの黒子《ほくろ》はないか？」

縫之助だった。

「あれ、どうしてそんなことを……」

番頭は驚いて、目をぱちくりさせた。縫之助の目が険しくなっていた。

「とにかく出直しましょう」

それ以上立ち入ったことは話さないほうがいいと思った菊之助は、慌てたように縫之助を表にうながした。

「間違いないはずです。荒金さん、これも何かの縁でしょうが、悪いことはできぬということですな。わたしは横山さんの目こぼしを受けたおかげで荒金さんと近づきになり、そしてお千代さんと知り合った。ところが、そのお千代さんはわたしの敵の連れ合いだった。運命のいたずらというか、何というか……」

縫之助は興奮していた。

「それで、いかがなされます？」

「いかがも何もありませんよ。明日思いを果たすだけです」

縫之助はきっぱりといった。

三

その日一日、お千代は気が気でなかった。それもこれも昨夜、縫之助に思いもかけずに聞かれたことが心に引っかかりつづけていたからである。

別れた夫の作右衛門は、武士身分を捨てた男だった。それに、詳しく話はしなかったが、一度長崎に仕事で赴《おもむ》いていたと聞いていた。それに瑪瑙の笄は、壊れた指金を利用して作り直したものであった。

縫之助は敵の名を村井為之助だと言った。しかし、お千代は夫だった作右衛門の元の名を教えてもらっていなかった。

そして、今日、縫之助は作右衛門に会いに行っている。もし敵だったとしたら、作右衛門は討たれたかもしれない。場合によっては縫之助が返り討ちにあっているかもしれない。どちらに転んでも気持ちのよい話ではない。

その日、お千代は仕事中に何度も粗相《そそう》をした。そのたびに我に返るのだが、心は騒いで仕方がなかった。そして、もうひとつ気づいたことがある。縫之助と作右衛門のどちらを心配しているかである。

お千代には別れた作右衛門に対する未練はなかった。それゆえに、縫之助の身を案じていた。自分を石女だと罵り、新しい女を作って、三行半を突きつけた男に恨みがないといえば嘘になるが、ほのかな女心が縫之助に傾いているのを、お千代は心の底でわかっているのだった。

それゆえに、作右衛門が敵でないことを祈っていた。もし、敵だったら、その敵の元妻だった女を縫之助が思ってくれるはずがない。儚《はかな》い思いかもしれないが、お千代は年の離れた縫之助に男を感じている自分に気づいていた。

お千代はその日仕事が終わると、急いで帰宅した。


縫之助はようやく来るべきときが来たと心を引き締めていた。明日は決着をつけることができる。目を閉じると、妹・冴の顔が脳裏に浮かんだ。それはいつも自分を「兄上、兄上」と、慕ってきた幼いころの明るい笑顔だった。

それにしても、親切にしてくれた女の元亭主だったとは思いもよらなかった。世の中にはいろんな巡り合わせがあるものだと思わずにはいられない。

次郎にも世話になったと思い、あらためて家のなかを見まわしたとき表で声がした。お千代だとすぐにわかった。

「開いております。お入りください」

声を返すと、お千代が入ってきた。いつもより表情が硬かったが、縫之助は自分も険しい目をしているのではないかと危惧《きぐ》した。わざと視線をそらして、あがるように勧めた。

「今日はどうなったのでしょうか?」

お千代は不安そうな顔で訊ねた。

「人違いでありました。また、これから敵捜しの苦労はつづくことになります」

そう言った縫之助は、わざと安心させるように、小さな笑みを浮かべた。とたんに、お千代の顔に安堵の色が浮かんだ。緊張していたらしく、ホッと息をついて、胸を押さえもした。

「喜んではいけませんが、もし、あの人が立花さんの敵だったら、どうしようかと気が気でなかったのです。人違いだとお聞きして、安心しました」

「さあ、どうぞおあがりください」

縫之助はそういって、手焙りの炭を火箸でいじった。

「もし、立花さんの敵だったなら、わたしは人殺しといっしょに暮らしていたことになります。それを思うと、怖くて……」

お千代は草履を脱いであがると、縫之助の前に座った。昨日とは違う笄が髷に挿されていた。

「店のほうは相変わらず忙しいですか？」

敵討ちの話をわざとそらすために、縫之助はそんなことを聞いた。

「奉公しているわたしが申すのも何ですが、評判の店ですから昼も夜もお客の絶えることがありません」

「それはよいことです。たくさん客が来るということは、店も儲かるということですから、お千代さんの給金もそれだけ増えるのではありませんか」

「わたしはまだ入り立てですから、給金がすぐに上がるとは思いません。でも、みなさんいい人たちばかりで、ほんとによい店に入りました。そうだ、今度暇を見て来てください。わたしの給金が入ったお祝いに、ご馳走いたします」

「いやいや、そんなことはできません。汗水流してはたらいた金をわたしごときに使われるのはもったいない」

「そんなことはありません。わたしの気持ちですから……」

「いや、そういわれても……困りますな」

縫之助が躊躇《ためら》いを見せると、お千代の表情が硬くなった。

「いまでも亡くなった奥様を気にされているのですか?」

意外な言葉だった。

「そんなことはありません」

「でしたら、気兼ねしないで食べに来てください。でも、きっと奥様はやさしい方だったのでしょうね」

「そうでもありません。芯の強い女ではありましたが……」

「おきれいな方だったのでしょうね」

「お千代さんほどの器量ではありませんでしたよ。まあ、死んだ妻のことなどよいではありませんか」

お千代は、はたと何かに気づいた顔になり、

「申しわけありません。つい失礼なことをお聞きしてしまいました」

と小さく頭を下げた。

「気にしないでください。それより、わたしは近いうちに出ていきます。お千代さんとお会いするのも今夜が最後かもしれません」

縫之助がそういった途端、お千代は能面のような顔になった。

四

「敵が見つかったのはよいが、はて、どうしたものか……」

菊之助は晩酌をしながら、うなるようにつぶやいた。

「どうしたものかって、どういうことです？」

相手をしている次郎が小首をかしげた。

「立花さんはやっと妹さんの恨みを晴らすことができるんですよ」

「それはそうだが、その敵というのはお千代さんの元亭主だったのだ」

「えッ、ほんとうですか」

次郎は蛸《たこ》のような口をした。

お志津がそばにやってきて、次郎に冷奴《ひややっこ》を出しながら、

「そのことを知ったらお千代さんがどう思うかと、それが心配なのよ」

といった。

「……とにかくこのことはお千代さんには黙っておこう。次郎もかまえて他言《たごん》無用だ」

菊之助は盃を口に運んだ。

「へえ……」

「立花さんは思いを遂げたら郷里に帰るのだし、お千代さんとは二度と会うこともないのだからな」

「そうですね」

菊之助にお志津が暗い顔で応じた。

翌日も天気はよくなかった。朝から、江戸の町にはどんよりした雲がたれ籠めていた。陰鬱《いんうつ》な空である。

肥前屋の前にある茶店の縁台に座ったまま、縫之助はさきほどから一言も口を利いていない。目は肥前屋に向けられたままだ。暖簾がときおり冷たい風にめくれあがったりしている。肥前屋の主・作右衛門こと村井為之助は、まだ帰ってこない。番頭の昨日の話からすれば、そろそろ姿を見せていいころである。

縫之助のそばに座っている菊之助は、通りを歩く者たちを注意深く見ていた。作右衛門は新妻と旅から帰ってくるのだから、旅装束《たびしょうぞく》だろう。菊之助はそんな身なりをした男女に注意の目を向けつづけている。

「こんなことにお付き合いいただき、申しわけもありません」

朝五つ（午前八時）の鐘が鳴って間もなく、縫之助がぼそりと声を漏らし、ぬるくなった茶に口をつけた。

「見事討ち果たされたら、そのまま長崎に戻られますか」

菊之助は縫之助を見た。

「むろん、帰ります。妹の墓前にて敵のことを伝えなければなりません。とにかく無駄足にならなくてよかった」

敵討ちとはいえ、これから人を斬るのであるから、縫之助は緊張の面持ちである。

それから交わす言葉もなく、ただ刻が過ぎた。

半刻、また半刻と……。

肥前屋の前を行き交う人は絶えないが、それでも多くはない。天気のせいで町全体が、寒々しく感じられる。ときおり雲間から日の射すこともあるが、茶店の縁台に座っている菊之助は、ときどきぶるっと体をふるわせた。

昼四つ（午前十時）を過ぎたときのことだった。菊之助の目が大きく見開かれた。一方の道に秀蔵と次郎の姿を見たからだった。

菊之助がさっと立ちあがると、二人が気づいて、急ぎ足でやってきた。縫之助も立ちあがった。秀蔵が縫之助に一歩近づき、

「立花さん、次郎から話は聞きました。だが、敵討ちはあきらめてもらう」

といったから、縫之助は眉宇を動かして、

「なにを申される」

と語気強くいった。

「届けは出してありますか？」

「届け……」

「いかにも。御番所にて立花さんの届けがあるかどうか調べたところ、見あたらない。そうなると、ここで敵を討てば、ただの人殺しになる」

これには菊之助も驚いた。敵討ちは認められているが、それには公儀への届け出が必要であった。原則、本人が出すことになっているが、藩主の名をもって出されることもある。届けがあれば、公儀《こうぎ》御帳面に記録されて、全国どこでも敵討ちが認められる。

「出して……あるはずです。わたしの上役によってすでに手続きはなされていると思います」

「それは江戸への届けでしょうか……。もし、江戸でなく京都所司代《しょしだい》であれば、手間がかかります。届けが出してあるかどうか、問い合わせなければなりません。さらに届け出があったかどうか、わかるまで牢留めです」

「何ですと……」

敵討ちの届けは、東国であれば町奉行所に、西国《さいごく》であれば京都所司代に出すことが多い。

「それに、届けがあったとしても、この敵討ちをさせるわけにはいかぬ」

「横山さん、ここに来てなんということを申される。拙者の敵討ちを邪魔するおつもりか」

縫之助は眉間にしわをよせて声を荒らげた。わたしでなく拙者と自称したのは、興奮しているからであろう。だが、秀蔵は落ち着いた顔でつづけた。

「妹御の敵討ちを遂《と》げたい気持ちはわかる。だが、敵討ちは尊属《そんぞく》にかぎられる。そのことをわたしはうっかり失念していた。よって届けを出したとしても、それは認められないはずだ」

尊属とは、自分の両親と同列以上にある血縁関係者のことをいう。つまり、両親か兄か姉、または祖父母ということである。よって、自分より下である妹の敵討ちはできないのだ。

「そんな馬鹿な」

ぐっと、唇を引き結んだ縫之助の目が光ったのはそのときだった。視線は次郎の肩越しに向けられていた。

菊之助がそちらを見ると、一組の男女が歩いてくるところだった。振り分け荷物を肩に担いだ旅装束である。男は縫之助のいう村井為之助の人相に似ている。

その二人の足はまっすぐ肥前屋に向かっていた。

「あやつだ」

縫之助はそういうなり、秀蔵を押しのけて駆け出した。

「立花さん、待つんだ！」

菊之助は慌てて声をかけた。

五

「おぬし、村井為之助だな」

声をかけられた旅装束の男女がびっくりした顔で立ち止まった。肥前屋の前だった。菊之助がそばに行って、縫之助の腕をつかんだが、縫之助はそれを強く振り払って為之助に一歩近づいた。

為之助と新妻は、縫之助と菊之助たちを見て肝をつぶしたような顔をしている。

「何事でございます」

「何事だと。よくもいけしゃあしゃあと。きさまは長崎代官所の手付を務めていた村井為之助に相違ない。何より右目下の黒子《あかし》が証拠だ。三年半前のことを忘れたとはいわせぬ」

「いったいなんのことで……」

「とぼけるな！　きさまは三年半前、長崎にて冴という女を二人の娘の前で手込めにし、挙げ句斬り殺して、指にはめていた瑪瑙の指金を盗んでいる。冴というのは拙者の妹である。さらに盗んだ指金を細工して笄にし、それを前の妻であるお千代殿に与えている」

「な……」

「もはやいい逃れはできぬ。きさまの命、ここでもらい受ける」

さっと縫之助が刀を引き抜いたものだから、為之助は顔面蒼白《そうはく》となってたじろいだ。

「やめるのだ。こやつの調べはおれがする」

秀蔵が止めに入ったが、縫之助は刀を高々と掲げた。為之助が動いたのはすぐだった。暖簾をくぐって店のなかに逃げたのだ。それを逃《のが》さじと縫之助が追いかけ、さらに秀蔵と菊之助もつづいたが、縫之助はすぐに表に引き返してきた。

為之助が店に置いていた刀を持ち出して、反撃に転じたのだ。下方からすくいあげるように刀を斬り上げ、斬り下げる。縫之助は自分の間合いを取るために、背後に下がって青眼に構えた。

「ええい、やめぬかッ！」

秀蔵がなかに割って入った。瞬間、為之助が斬りかかってきたものだから、秀蔵は自分の刀を抜いて防御しようとしたが、あいにく右肩を痛めているからうまく刀を抜けずに、半身を開く恰好になった。

かろうじて為之助の攻撃を避けることはできたが、敵討ちを止めることはできなかった。縫之助は空《くう》を切った為之助の刀を撥ねあげ、袈裟懸けに振り下ろした。

しかし、為之助も元は武士であるし、剣術の心得があるからあっさりと斬られはしない。半身をひねってかわすと、右下段にかまえて地を蹴り、縫之助の脇腹を横薙《な》ぎに払おうとした。

しかし、それはできなかった。菊之助がその撃剣《げきけん》を打ち払ったからである。

さっと、為之助の目が菊之助に向けられた。

「立花さん、下がっているんだ」

菊之助はそういいおいてから、

「きさまも刀を引け」

と、為之助を諭した。

だが、相手は聞く耳を持たなかった。菊之助の胸に鋭い突きを見舞ってきた。かわされると、逆袈裟に斬りにきた。それも外れると、脇構えから上段に構えて、撃ち込んできた。

ガチッ。

菊之助は眼前で為之助の刀を受け止め、さっと体を引いてかわすなり、くるりと刀の棟を返した。そのとき、為之助は背中を見せる恰好になっていた。菊之助は躊躇いもせずに、その後ろ肩に強烈な一撃を見舞った。

棟打ちである。為之助は立っていることができず、片膝をつき、ついで片手をついた。菊之助はその喉元に、ぴたりと刀を突きつけた。

「斬らせろ！　そやつはおれが敵だ！」

縫之助が騒いでいたが、次郎が必死に羽交い締めにしているので、動くことができなかった。

「肥前屋作右衛門こと村井為之助、観念するんだ」

秀蔵が冷え冷えとした目で為之助を見下ろし、それから悔しそうに歯噛みをしている縫之助を見た。

「立花さん、こやつの調べはおれがやる。これ以上の手出しはならぬ」

「くくッ……」

縫之助は紅潮させた顔に苦渋の色をにじませた。

「ここは秀蔵にまかせるのが、立花さんの身のためでもあります」

菊之助はそういって、縫之助にここまでだと目顔でいい聞かせた。そのことで、縫之助はようやくあきらめて肩を落とした。

「次郎、こやつに縄を打て」

指図された次郎が、手際よく為之助を後ろ手に縛りあげた。白昼の騒ぎなので、周囲には野次馬がたかっていたが、秀蔵と次郎が為之助を連れ去ると、その野次馬もそれぞれに散っていった。

菊之助は蒼白な顔で立っている為之助の新妻を見てから、

「立花さん、行きましょう」

と、声をかけたが、縫之助は両の拳を握りしめたまま、連行される為之助を見送りつづけていた。

菊之助は黙って待つことにしたが、縫之助の足許に一通の文が落ちていることに気づいた。拾いあげると、それは自分宛のものだった。

はっとなって、縫之助を見た。縫之助から自分宛のものかもしれないと思ったが、さっと開いて眺めれば、それは先にもらった果たし状の確認をする内容だった。

なぜ、これを縫之助がと思ったが、菊之助は黙ったまま懐にしまった。

六

村井為之助の調べは滞りなく進んでいた。その間、縫之助は再三、町奉行所や大番屋に足を運び、証拠固めの証言をしていた。

そのために、郷里に帰る予定が少し遅れていた。しかし、妹の無念を晴らすことのできなかった縫之助も、日がたつごとに、

「これでよかったのでしょう」

と、いうようになっていた。

菊之助とお志津の、自分の手で討たなくても厳しい御上《おかみ》の裁きが下るから、妹御の無念もそれで晴らせるはずだという、説得を受け入れるようになったのだ。

それに、お千代と縫之助は頻繁に会っているようであった。二人の仲はすでに長屋の評判となっており、

「菊さん、あんたが面倒見ている立花ってお侍、お千代さんとあやしい仲になってるんじゃないかねえ」

と、妙に楽しそうな顔でいうのは、噂好きのおつねだった。

「大人同士の付き合いだ。下手に勘繰《かんぐ》らないほうがいい」

菊之助はそういってやるが、おつねの口が止まるとは思えなかった。

そして、菊之助には気がかりなことがあった。

例の文の件である。そこには果たし合いに応じなければ、お志津に危害が及ぶかもしれないという脅し文句が書かれていた。それをどうして縫之助が持っていたか、わからなかったが、おそらく自分の代わりに果たし合いに行くつもりだったのだろうと考えていた。つまり、自分の身の上を案じて隠し持っていたのだと。

だが、菊之助はその果たし合いに、縫之助を立ち合わせようとは思わなかった。あくまでもこれは自分のことであるから、自分で片づけなければならない。そのために、果たし合いのある日に、秀蔵にうまく話をして、町奉行所に縫之助を行かせることにした。

「もう、あの人の口上書《こうじょうしょ》は出来上がっている。奉行所に来てもらっても無駄なことだ」

秀蔵はそういったが、

「今日はあの人が家にいると困ることがあるのだ。そのわけはいえないが、とにかく呼び出して適当なことを聞いてくれ」

と、菊之助は頼み込んだ。秀蔵は物わかりのいい男なので、

「何かわからねえが、おまえがそこまでいうならそうしてやろう」

と受け入れてくれた。

そして、果たし合い当日になった。この日、市中は恵比寿《えびす》講で、商家にとって最大の祭の日である。各商家は床の間に、恵比寿様の掛け軸を飾り、酒を供えて商売繁盛を祈願する。

職業によって祭り方も変わる。鍛治《かじ》や石職人は稲荷大明神を祭るし、大工は

聖徳太子《しょうとくたいし》を、芝居小屋では客人《まろうど》大明神をと、それぞれに祭る神が違っていた。

職人や商家の者は、来客に酒肴《しゅこう》珍味をふるまい、昼間からにぎやかなものである。


しかし、案の定だった。その朝、縫之助が菊之助を訪ねてきて、

「今日は御番所に行かなければなりませんが、荒金さんは仕事で一日ここにおられますな」

とたしかめるようなことを聞いた。おそらく文はどこかで落としてなくしていると思っているはずだ。だから、菊之助もとぼけて、

「仕事が溜まっていますので、外出《そとで》はできませんよ」

といってやった。

「町はざわざわしておりますが、仕事にしっかり精を出してください」

「立花さんも何度もご苦労なことですね。しかし、それも妹さんの供養につながるのですから、気をつけて行ってきてください」

菊之助は縫之助を見送ってから、支度にかかった。昨夜のうちから愛刀は仕事場に移してあり、お志津には注文取りと届け物があるので、出かけるといっておいた。

菊之助は午前中に研ぎ仕事を終わらせ、三軒の店に仕上げた包丁を届けたその足で浅茅ヶ原に向かった。

最初の手紙には木剣での果たし合いだと書かれていたが、相手の出方はわからない。か弱い女をいじめ、お志津に危害を加えるようなことをいっている手合いである。卑怯《ひきょう》な手段を使ってくるかもしれない。

菊之助は脇差なしの一本差しである。浅草花川戸《はなかわど》の町を過ぎ、今戸《いまど》橋を渡る。雲の多い日ではあるが、雲の隙間には青空がのぞいている。それでも風が冷たいので、なるべく日向《ひなた》を歩くようにした。

浅草今戸町を抜け、法源寺《ほうげんじ》の西を通る。枝振りのよい松の木が境内に見られる。霞《かすみ》の松《まつ》と呼ばれるその松を、近隣の者は名木だと称賛している。

寺を過ぎたところが浅茅ヶ原である。約束の刻限には早かったが、菊之助は春は花見でにぎわう桜のそばに行って待った。一本だけ枯れそうな木があった。葉を落としきった枯れ桜の枝で鵯《ひよどり》が鳴いていた。

日は大きく西に傾きつつある。

夕七つ（午後四時）の鐘が聞こえると、菊之助は襷をかけ、左手に大刀を持って、石倉大三郎を待った。と、枯れ草の向こうの広場に男が現れた。ひとりではない。三人である。

菊之助は眉間にしわを刻んだ。

三人はすでに菊之助に気づいているようで、そのままますぐ近づいてきた。

「約束を違《たが》えずやってくるとは、さすが元郷士だけのことはある」

そういうのは長身痩軀の男だった。高砂橋でお千代に難癖をつけていた男だ。

「石倉大三郎という文の差出人はそのほうか？」

菊之助は武士言葉になって訊ねた。

「いかにも」

「こんな意趣返しはつまらぬことだ。だが、そのほうらは少々根性がねじ曲がっているようだ」

「なにをッ」

石倉が剣呑《けんのん》な顔をして、一歩踏み出した。

「些細なことでこんなことをするとは大人げない。納得はいかぬが、応じなければそのほうらの気持ちが収まらぬのであろう。木剣での立ち合いだとは書いてあったが……」

「そうだ、生死を分け合う勝負ではない。安心するがよい。田山」

石倉が顎をしゃくると、でこ面が手にしていた木剣を差し出した。

「いざ、どこからでもかかってくるがよい」

菊之助は受け取った木剣を青眼に構えた。石倉が口辺《こうへん》に笑みを湛《たた》えて、すうっと木剣を脇に構えた。そのまま余裕の目つきで、間合いを詰めてきた。菊之助は端然《たんぜん》として動かなかった。さらに、石倉が間合いを詰めてきた。

菊之助はじっと石倉の目を見つめている。足許の草が風にそよぎ、石倉の鬢《びん》の後れ毛が揺れた。

「とおッ！」

石倉が気合を発して突きを送り込んできた。菊之助は上体だけを動かして、それをかわすと、すかさず二の腕に木剣をたたき込んだ。

「あいたー！」

石倉は悲鳴を発して片膝をつくと、つかんでいた木剣を取り落とした。骨が折れているかもしれない。菊之助はそれだけ強打していた。もう、これは相手ではないと思い、残りの二人にさっと木剣の切っ先を向けた。

「お手前らも相手をいたすか」

二人は顔を見合わせて肝をつぶしている顔つきだ。

「山口、おまえが行け」

田山というでこ面が連れをうながした。山口は拒みもせず、石倉が落とした木剣を拾って構えた。少しはできるようだと、菊之助は内心で思うが、さきほど同様に毫《ごう》も動かず、相手の出方を待った。

山口は詰めてこようとするが、なかなか自分の間合いを計ることができない。そのうち右にまわりはじめた。

菊之助はそれに合わせて動く。

相手は動きながら撃ち込む隙を、必死に窺っている。

「どうした。そんなへっぴり腰では、わたしを倒すことはできないぞ」

挑発してやると、山口は額に青筋を走らせ、口をねじ曲げた。と、つぎの瞬間、強く地を蹴って面を撃ち込んできた。袴《はかま》の裾が風をはらみ、大きな音を立てた。

菊之助は少しも慌てずに、腰をわずかにかがめ、木剣をちょいと突き出した。山口の木剣が空を切ったと同時に、菊之助の木剣が鳩尾《みぞおち》に食い込んでいた。

「げッ……」

山口は奇妙な声を漏らすと、そのまま地面にうずくまるように倒れてのたうちまわった。

それを見た田山は蒼白な顔で、棒立ちになっていた。

「きさまも相手をするか?」

菊之助が聞くと、田山はぶるぶると顔を左右に振った。

「このことで因縁をつけに来るなら、そのときは真剣がものをいう。命を大切にしたいなら、金輪際《こんりんざい》わたしには関わらぬことだ」

菊之助はあくまでも穏やかな口調でいって、手にしていた木剣を一方に放ると、そのまま浅茅ヶ原を去った。勝負があっけなくついたのが面白くなかったのか、枯れ桜に止まっていた鴉が、嗄《しゃが》れたような声を発して飛び去っていった。

七

その日の夕刻、菊之助が自宅の居間で何事もなかったような顔で茶を飲んでいると、町奉行所に行っていた縫之助が戻ってきた。

「ご在宅でございましたか」

縫之助は菊之助の顔を見るなり、安堵の表情になった。あがるように勧めると、そばにやってきて、

「じつは村井為之助に裁きが下されました」

といった。

「それで、どうなりました？」

「獄門《ごくもん》です」

「……そうなっても無理はありませんな」

獄門は死罪より重い斬首刑である。切断された首は三日間刑場に晒される。

「これでようやく本懐を遂げられた気がします」

縫之助はホッとしたようにいった。

そんな縫之助に、菊之助はひと膝詰めて声をひそめた。

「今日、浅茅ヶ原に行って来ましたよ。もう心配することはありません。勝負はあっさりつきました」

とたん、縫之助が驚いたように目を瞠った。

「斬ったのですか？」

「いいえ、木剣での立ち合いです。造作《ぞうさ》ありませんでした。しかし、わたしのことを慮《おもんぱか》って文を隠されていたでしょう。ご心配いただきありがとう存じます」

あっと、縫之助は口を開いた。

「いつ、あの文を……てっきり落としてしまったと思っていたのです」

「秀蔵に村井が捕まったとき、立花さんが落とされたのです」

「なんだ、そうだったのですか。しかし、何事もなくてよかった。いや、そうでありましたか。これは安心、安心」

そんなところへ、お志津がお千代と家に入ってきた。

「あら、お二人お揃いで……」

お志津はそういって、酒の支度をするという。表はすっかり暗くなっていた。晩酌のころ合いなのだ。

「お千代さんは、今日はお休みで……」

縫之助が訊ねた。

「はい。今日は恵比寿講なので、昼間だけ店を開けての早仕舞いです」

「ちょうどよかった。お千代さんに話したいことがあったのです。どうぞおあがりください」

菊之助がいざなうと、お千代が遠慮がちにあがってきた。

「何でしょう……」

お千代は菊之助と縫之助を交互に見た。

「隠しとおせることではないので、わたしから話しましょう」

「………」

「近いうちにある男が獄門の刑を受けます。晒し首になるので、おそらくお千代さんの耳にも入ってくるでしょうから、正直に話しておきましょう」

お千代は目をしばたたかせ、鳩のように小首をかしげた。

「獄門になるのは立花さんの妹さんを殺した男です」

「それじゃ、敵が見つかったのですね」

お千代は菊之助から縫之助に視線を向けた。

「立花さんが手を下すまでもなく、御上が敵を取ってくれることになりましたが、その敵は別の名を持っておりました。作右衛門といいます」

「……まさか」

お千代の顔がゆっくりこわばっていった。

「その、まさかだったのです」

お千代は視線を彷徨《さまよ》わせ、言葉を失っていた。

「罪人とはいえ、元はお千代さんのご亭主ですから黙っていようと思ったのですが、獄門となれば隠し通すことができない。お千代さんの……」

「教えてくださりありがとうございます。じつはわたしも、薄々《うすうす》そうではないかと思っていたのです」

　お千代は菊之助を遮ってつづけた。

「わたしのことは心配なさらないでください。あの人への未練はとうに断ち切っていますし、いまさらわたしが何を思っても意味のないことですから……」

「お千代さん、申しわけない」

　縫之助が頭を下げた。

「立花さんに謝ってもらうようなことではありません。悪いのはあの人ですから、それは仕方のないことです」

「そう申されても、ひとつ屋根の下で暮らしていた男だったはずです。心中穏やかでないと推察します」

　縫之助の言葉にも、お千代は否定するように首を振った。

「じつは立花さんからあの簪《かんざし》についている瑪瑙の話を聞いたときから、覚悟はしていたのです。ですから、どうぞわたしのことは気になさらないでください」

「そういってもらうと気が楽になります」

　縫之助はそういって菊之助を見、

「先に話をしていただき申しわけありません。わたしは気の利かない男です」

と、恥ずかしそうに頭をかいた。

「それで、いつ長崎にお帰りに……」

不意にお千代が声の調子を変えて縫之助に訊ねた。

「いつまでも次郎さんや荒金殿に世話になっているわけにはまいりません。それに妹の敵討ちも、これでおしまいです。明日にでも江戸を発とうと思います」

「明日、ですか……」

お千代の顔が曇った。

「それで、ちょっとお訊ねしたいのですが……」

縫之助がひと膝進めて、姿勢を正した。

「不躾《ぶしつけ》なことですが、もしも、お千代さんがよかったらの話ですが……。いっしょに長崎にまいりませんか」

これには菊之助も驚かずにはいられなかった。台所にいるお志津も、振り返って縫之助とお千代を見た。

「無理にと申しているのではありません。わたしは国に戻れば、寺子屋を開くことになっています。そんなわたしについてきてくださる気はありませんか」

縫之助は真剣な眼差しをお千代に向けた。

「あの、わたしは立花さんの妹さんの敵だった男と……」

「そんなことはどうでもよいことです。お千代さんが悪いのではない。わたしは……わたしは……いってしまいますが、あなたが気に入ったのです」

「そんなことを急にいわれましても……」

「やはり駄目でしょうな」

縫之助は力ない声を漏らしてうなだれた。

「いいえ、駄目ではありません」

お千代の声に、縫之助ははっと顔をあげた。

「立花さんが、ほんとうにわたしのような女でよいとおっしゃるなら、ついてまいりたいと思います」

「まことですか？」

縫之助は信じられないといったように、大きく目を見開いた。

「立花さんが大事にしてくださるのであれば、わたしはいっしょに長崎にまいります」

「もちろん、大事にしますとも」

その言葉を聞いた菊之助は、台所に立つお志津に声を張った。

「お志津、そこで何をぼんやりしている。目出度い話が決まったのだ。さあ酒を、早く酒を……」

声をかけられたお志津は、嬉しそうに破顔《はがん》し、

「はい、いますぐに」

と、酒をつけはじめた。

＊

奇妙な縁で結ばれることになった二人は、お千代の家の始末や奉公を始めたばかりの吉辰などへの挨拶をしなければならなかったので、江戸を発つのは二日後になった。

その日、菊之助とお志津は、二人を日本橋まで見送って行き、橋の上で手を振って別れた。縫之助とお千代は何度も振り返っては腰を折って礼をし、そして手を振り返した。

その姿はやがて、日本橋の人波のなかにまぎれて見えなくなった。

「さあ、帰ろうか」

菊之助はお志津に声をかけた。

「ええ」

「あの二人、いい夫婦《めおと》になるような気がする」

「わたしもそう思います」

「こういうのを合縁奇縁《あいえんきえん》というのではないだろうか……」

「合縁奇縁ですか……。だったら菊さん、わたしたちもそうなのでは……」

お志津がやわらかな笑みを浮かべて菊之助を見た。

菊之助も笑みを浮かべて応じた。

「そうかもしれないな」

「きっとそうですわ」

そういって先に歩いていったお志津の後ろ姿に、菊之助はまた嬉しそうな笑みを浮かべ、ほのぼのとした気持ちになったが、すぐに首をすくめてぶるっと体をふるわせた。

江戸は本格的な冬を迎えようとしていた。見あげた寒空には、群れをなして飛んでゆく雁《かり》の姿があった。

二〇一〇年八月　光文社文庫刊

光文社文庫

長編時代小説

縁《えん》むすび　研《と》ぎ師《し》人情《にんじょう》始末《しまつ》(十四)　決定版

著者　稲《いな》葉《ば》　稔《みのる》

2021年12月20日　初版1刷発行

発行者　鈴木広和
印刷　堀内印刷
製本　フォーネット社

発行所　株式会社　光文社
〒112-8011　東京都文京区音羽1-16-6
電話（03）5395-8149　編集部
8116　書籍販売部
8125　業務部

ISBN978-4-334-79288-6　Printed in Japan

組版　萩原印刷

稲葉 稔

「研ぎ師人情始末」決定版

人に甘く、悪に厳しい人情研ぎ師・荒金菊之助は
今日も人助けに大忙し――人気作家の〝原点〟シリーズ!

㈠ 裏《うら》店《だな》とんぼ★
㈡ 糸切れ凧《だこ》★
㈢ うろこ雲★
㈣ うらぶれ侍★
㈤ 兄妹《きょうだい》氷《ひ》雨《さめ》★
㈥ 迷い鳥★
㈦ おしどり夫婦★
㈧ 恋わずらい★
㈨ 江戸橋慕情★
㈩ 親子の絆★
(十一) 濡れぎぬ★
(十二) こおろぎ橋★
(十三) 父の形見★
(十四) 縁むすび★
(十五) 故《さ》郷《と》がえり

★は既刊

光文社文庫